Copyright © 2024 Pandorga
All rights reserved.Todos os direitos reservados.
Editora Pandorga
1ª Edição | 2024

Diretora Editorial
Silvia Vasconcelos

Coordenador Editorial
Equipe Pandorga

Assistente Editorial
Equipe Pandorga

Capa
Gabrielle Delgado

Projeto gráfico e Diagramação
Gabrielle Delgado

Organização
Silvia Vasconcelos

Revisão
Equipe Pandorga

Dados Internacionais de Catalogação na Publicação (CIP) de acordo com ISBD

F315

    Felinos e Macabros / vários autores ; organizado por Silvia Vasconcelos. - Cotia : Pandorga, 2024.
    176 p. : il. ; 14cm x 21cm.

    Inclui índice.
    ISBN: 978-65-5579-238-6

    1. Literatura brasileira. 2. Terror. 3. Suspense. I. Vasconcelos, Silvia. II. Título.

2024-627

CDD 869.8992
CDU 821.134.3(81)

Elaborado por Vagner Rodolfo da Silva - CRB-8/9410
Índice para catálogo sistemático:
1. Literatura brasileira 869.8992
2. Literatura brasileira 821.134.3(81)

Felinos e Macabros

Sumário
Sete Vidas, Sete autores

08 APRESENTAÇÃO

15 O GATO PRETO
Edgar Allan Poe

37 OS GATOS DE ULTHAR
Howard Phillips Lovecraft

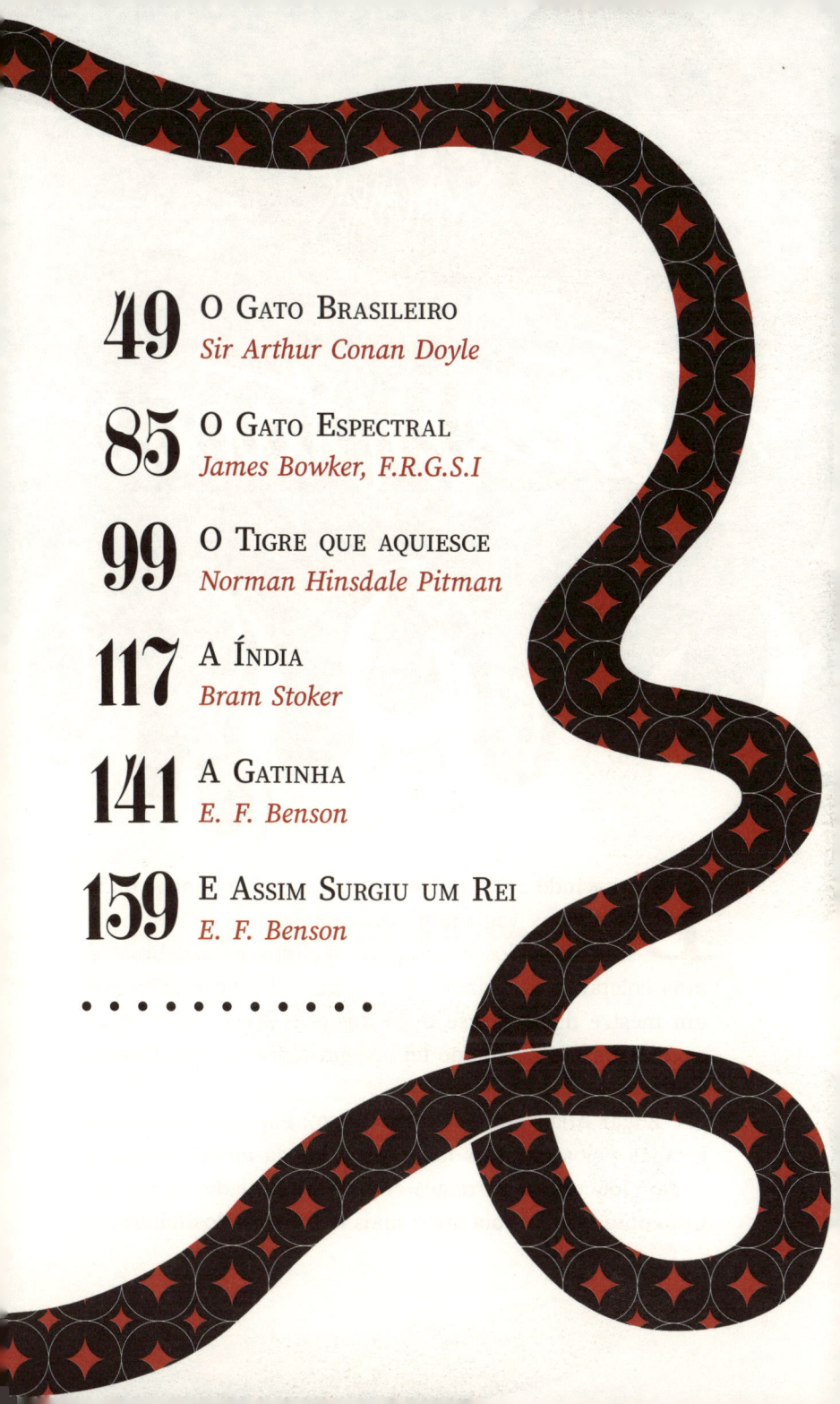

49 O Gato Brasileiro
Sir Arthur Conan Doyle

85 O Gato Espectral
James Bowker, F.R.G.S.I

99 O Tigre que aquiesce
Norman Hinsdale Pitman

117 A Índia
Bram Stoker

141 A Gatinha
E. F. Benson

159 E Assim Surgiu um Rei
E. F. Benson

Felinos e Macabros

Apresentação

Bem-vindo a um mundo de sombras e enigmas, onde os felinos vagueiam pelas páginas, trazendo consigo mistérios e arrepios. "Felinos e Macabros" é uma coletânea fascinante de contos, cada um escrito por um mestre do suspense e do mistério. Nesta obra, você encontrará um desfile de felinos em todas as suas facetas enigmáticas e perturbadoras.

Edgar Allan Poe - "O Gato Preto": Poe nos leva a uma jornada pelos recantos mais sombrios da mente humana, onde a loucura se entrelaça com a obscuridade e a morte. Um conto que arrepia até o mais destemido dos leitores.

H. P. Lovecraft - "Os Gatos de Ulthar": Em uma aldeia onde os gatos são sagrados, Lovecraft nos presenteia com uma história de vingança cósmica que faz a pele arrepiar.

Sir Arthur Conan Doyle - "O Gato Brasileiro": O lendário detetive Sherlock Holmes enfrenta um enigma envolvendo um gato brasileiro e segredos profundos em uma trama de mistério e intriga.

James Bowker, F.R.G.S.I. - "O Gato Espectral": Bowker nos leva a um mundo onde a linha entre a realidade e o sobrenatural se dissolve, enquanto um gato espectral tece uma teia de inquietação.

Norman Hinsdale Pitman - "O Tigre que aquiesce": Pitman nos leva a terras exóticas e perigosas, onde um tigre enigmático desencadeia uma sequência de eventos que desafiam a compreensão humana.

Bram Stoker - "A Índia": Stoker nos leva em uma viagem à Índia, onde as forças do desconhecido e a magia ancestral se entrelaçam com o destino de um homem.

E. F. Benson - "A Gatinha": Benson nos encanta com uma história de uma gatinha que se torna um elo entre o mundo dos vivos e o dos mortos, em uma narrativa repleta de sutileza e mistério.

"E Assim Surgiu um Rei": Com uma trama final surpreendente que revela o segredo mais profundo dos felinos e do mistério que os envolve.

Prepare-se para uma leitura que irá cativar sua imaginação. "Felinos e Macabros" é uma viagem intrigante pelos recantos sombrios da literatura, onde os felinos se tornam símbolos de enigma e suspense. Junte-se a nós nesta jornada inquietante e descubra os segredos ocultos por trás das patas silenciosas desses intrigantes animais.

Conto
um

Edgar Allan Poe (1809-1849) foi um escritor, poeta e crítico literário americano conhecido por suas obras macabras, misteriosas e góticas. Ele é considerado uma figura central no movimento do Romantismo nos Estados Unidos.

Poe é famoso por criar histórias sombrias e atmosféricas, explorando temas como a morte, a loucura, o sobrenatural e a psicologia humana. Suas obras mais conhecidas incluem "O Corvo", um poema que combina melancolia e lirismo, e contos como "O Gato Preto", "A Queda da Casa de Usher" e "Os Assassinatos da Rua Morgue", que são exemplos de seu estilo característico.

Sua prosa frequentemente explora a mente humana em estados extremos, abordando obsessões, medos e impulsos sombrios. Poe também é considerado um pioneiro no gênero de contos de detetive, influenciando autores posteriores como Arthur Conan Doyle.

Apesar de ter alcançado sucesso literário em vida, Poe lutou com problemas financeiros e pessoais, incluindo o uso excessivo de álcool e a perda de entes queridos. Sua morte prematura aos 40 anos permanece envolta em mistério, complementando a aura enigmática que envolve sua obra e sua vida. Em geral, Edgar Allan Poe é lembrado como um mestre do terror e do suspense, cuja influência ecoa ao longo da literatura moderna e do cinema.

O Gato Preto

Não espero, nem peço, que acreditem neste relato estranho, porém simples, que estou prestes a escrever. Louco seria eu se o esperasse, em um caso onde meus próprios sentidos rejeitam o que eles mesmos testemunharam. Contudo, louco não sou – e com toda certeza não estou sonhando. Mas amanhã posso morrer, e quero hoje aliviar minha alma. Meu propósito imediato é apresentar ao mundo, de maneira clara e resumida, mas sem comentários, uma série de simples eventos domésticos. As consequências desses eventos me aterrorizaram, torturaram e destruíram. No entanto, não vou tentar explicá-los. Em mim, eles representaram pouco a não ser horror. Mas, para muitos, talvez pareçam menos repugnantes e mais barrocos. Quem sabe um dia alguma mente racional reduza meu fantasma a um lugar-comum – alguma inteligência mais serena, mais lógica e bem menos sensível que a minha, que há de perceber nas circunstâncias que relato com pavor nada mais do que uma sucessão comum de causas e efeitos muito naturais.

Desde a infância, eu era notado pela doçura e pela humanidade de meu caráter. A ternura de meu coração era evidente, a ponto de fazer de mim objeto de gracejo de meus companheiros. Tinha uma afeição especial pelos animais, e fui mimado por meus pais com uma grande variedade de bichinhos de estimação. Passava a maior parte do meu tempo com eles, e nada me deixava mais feliz do que os alimentá-los e acariciá-los. Esse traço de meu caráter foi crescendo comigo, e, na idade adulta, fiz dele uma de minhas principais fontes de prazer. Àqueles que já experimentaram a afeição por um cão fiel e sagaz, dificilmente terei dificuldades em explicar a natureza ou a intensidade da satisfação que disso deriva. Há algo no amor abnegado e altruísta de um animal que fala diretamente ao coração daquele que tem a oportunidade frequente de provar da amizade desprezível e da frágil fidelidade do homem comum.

Casei-me cedo e tive a sorte de encontrar em minha mulher uma disposição que não se opunha à minha. Ao perceber minha afeição por animais domésticos, não perdia a oportunidade de adquirir aqueles que mais me agradavam. Tivemos pássaros, peixinhos-dourados, um cão maravilhoso, coelhos, um pequeno macaco e um gato.

Este último era um animal notavelmente grande e belo, todo preto, e espantosamente esperto. Quando falávamos de sua inteligência, minha mulher, que, no fundo, era um tanto supersticiosa, fazia frequentes alusões à antiga crença popular segundo a qual todos os gatos pretos seriam bruxas disfarçadas. Não que alguma vez ela tenha falado sério quanto a isso – e aqui aludi ao fato apenas por ter me lembrado dele nesse momento.

Plutão – esse era o nome do gato – era meu animal de estimação favorito e meu companheiro inseparável. Só eu o alimentava, e ele me seguia

por toda a casa. Era difícil até mesmo impedir que me seguisse pelas ruas.

Nossa amizade durou, dessa maneira, por vários anos, durante os quais meu temperamento e meu caráter em geral – por obra da Intemperança demoníaca (e fico envergonhado ao confessá-lo) – passou por uma alteração radical para pior. Tornei-me, dia após dia, mais melancólico, mais irritável, mais indiferente aos sentimentos alheios. Permitia-me falar de forma destemperada com minha esposa, e em alguns casos, terminei por usar até mesmo de violência física. Meus animais de estimação, é claro, sentiram a mudança em minha disposição. Não apenas não lhes dava atenção alguma, como também os maltratava. Quanto a Plutão, entretanto, eu ainda conservava suficiente estima por ele para abster-me de maltratá-lo, como fazia sem nenhum escrúpulo com os coelhos, o macaco, e até mesmo com o cão, quando, por acidente ou por afeição, cruzavam meu caminho. Mas minha doença se agravava – pois qual doença se compara ao alcoolismo? – e, por fim, até mesmo Plutão, que agora estava ficando velho e, consequentemente um tanto rabugento –, começou a sofrer os efeitos de meu temperamento perverso.

Uma noite, ao voltar para casa muito embriagado após uma de minhas andanças pela cidade, tive a impressão de que o gato evitava minha presença. Agarrei-o; foi quando, assustado com minha violência, ele me deu uma pequena mordida na mão. Uma fúria demoníaca possuiu-me no mesmo instante. Eu já não me reconhecia mais. Meu espírito original pareceu,

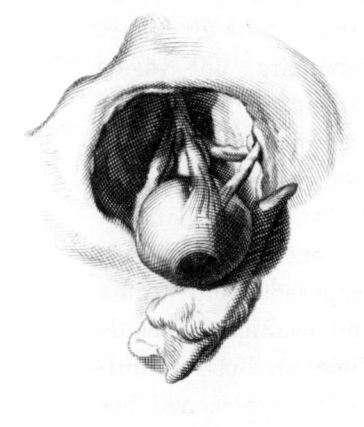

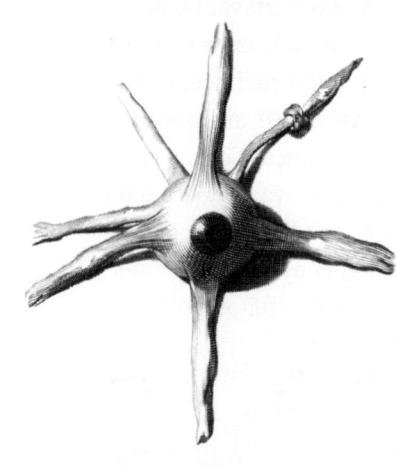

de repente, sair voando de meu corpo; e uma malevolência mais do que demoníaca, inflamada a gim, fez estremecer cada fibra de meu ser. Tirei do bolso do colete um canivete, abri-o, agarrei o pobre animal pela garganta e, deliberadamente, arranquei um de seus olhos da órbita! Eu coro, me consumo e estremeço enquanto relato a atrocidade abominável.

Quando a razão retornou com a manhã – quando já havia dissipado com o sono os vapores da orgia noturna –, senti um misto de horror e remorso pelo crime que havia cometido. No entanto, foi, na melhor das hipóteses, um sentimento débil e confuso, pois minha alma permaneceu intocada. Mais uma vez mergulhei nos excessos e logo afoguei no vinho todas as lembranças do feito.

Enquanto isso, o gato ia se recuperando pouco a pouco. A órbita do olho perdido exibia, é verdade, um aspecto assustador, mas ele não parecia mais sentir qualquer dor. Andava pela casa como de costume, mas, como era de se esperar, fugia aterrorizado quando eu me aproximava. Ainda restava muito de meu antigo coração para, de início, sentir-me magoado por essa evidente antipatia por parte do animal que um dia me amara tanto. Porém, esse sentimento logo deu lugar à irritação. E então surgiu, como que para minha ruína final e irrevogável, o espírito da Perversidade. Esse espírito a filosofia não leva em consideração. Mas não estou mais certo de que minha alma vive quanto estou certo de que essa perversidade é um dos impulsos primitivos do coração humano – uma das faculdades, ou sentimentos, primários e indivisíveis que moldam o caráter do homem. Quem já não se surpreendeu, centenas de vezes, cometendo um ato vil ou tolo por nenhuma outra razão senão porque sabia que não deveria cometê-lo? Não há em nós uma perpétua inclinação, que enfrenta nosso bom senso, a violar aquilo que é Lei, simplesmente porque entendemos que a estaremos violando? Esse espírito de perversidade, como já disse, veio para minha ruína final. Foi esse incomensurável anseio da alma de espezinhar a si mesma – de violentar sua própria natureza – de fazer o mal pelo único desejo de fazer o mal – que me motivou a continuar e finalmente consumar a maldade que tinha causado ao animal inofensivo. Uma manhã, a sangue frio, passei pelo pescoço do gato uma corda e o enforquei no galho de uma árvore – enforquei-o enquanto lágrimas escorriam de meus olhos, e com o remorso mais amargo em meu coração – enforquei-o porque sabia que ele tinha me amado e porque sentia que ele não tinha me dado motivo para agredi-lo – enforquei-o porque sabia que assim fazendo estava cometendo um pecado – um pecado mortal, que comprometeria então minha alma imortal e a colocaria – se tal coisa fosse possível – além do alcance da infinita misericórdia do Deus mais misericordioso e mais terrível.

Na noite do dia em que cometi essa crueldade, fui acordado por um grito de "Fogo!". As cortinas da minha cama estavam em chamas. A casa inteira ardia. Foi com grande dificuldade que minha mulher, uma criada e eu conseguimos escapar do incêndio. A destruição foi total. Toda a minha riqueza terrena fora consumida e, desde então, entreguei-me ao desespero.

Não sucumbirei à fraqueza de procurar estabelecer uma relação de causa e efeito entre o desastre e a atrocidade. Mas estou relatando uma cadeia de acontecimentos, e não quero deixar nem um único elo solto. No dia seguinte ao incêndio, visitei as ruínas. Todas as paredes, com exceção de uma, tinham desabado. A exceção era uma parede divisória, não muito espessa, que ficava mais ou menos no meio da casa, e contra a qual se recostava antes a cabeceira de minha cama. O reboco, em grande parte, tinha resistido à ação do fogo – fato que atribuí à aplicação recente. Em frente a essa parede, uma grande multidão estava reunida e muitas pessoas pareciam examinar uma porção dela em especial com toda minúcia e atenção. As palavras "estranho!", "singular!" e outras expressões similares despertaram minha curiosidade. Aproximei-me e vi, gravado em baixo-relevo na superfície branca, a figura de um gato gigantesco. A impressão havia sido feita com uma precisão verdadeiramente assombrosa. Havia uma corda ao redor do pescoço do animal.

Quando contemplei pela primeira vez a aparição – pois não conseguia considerá-la como outra coisa –, minha admiração e meu terror foram extremos. Mas, com o passar do tempo, a reflexão veio em meu socorro. O gato, eu bem me lembro, tinha sido enforcado no jardim ao lado da casa. Com o alarme de incêndio, o jardim tinha sido imediatamente tomado pela multidão – e alguém ali presente deve ter retirado o animal da árvore e atirado, por uma janela aberta, para dentro de meu quarto. Isso, provavelmente, tinha sido feito com o intuito de me despertar. A

O GATO PRETO

queda das outras paredes deve ter comprimido a vítima de minha crueldade contra a massa do reboco recém-aplicado; a cal do reboco, juntamente com as chamas e o amoníaco da carcaça, devem ter produzido a imagem que eu acabara de ver. Embora dessa forma tenha prontamente satisfeito à minha razão, não posso dizer o mesmo quanto à minha consciência, pois o episódio estarrecedor que acabei de detalhar não falhou em deixar uma profunda impressão em minha imaginação. Por meses seguidos, não consegui me livrar do fantasma do gato; e, durante todo esse período, voltava ao meu espírito um meio sentimento que parecia – mas não era – remorso. Cheguei até a lamentar a perda do animal e a procurar, nos antros torpes que agora frequentava amiúde, por outro da mesma espécie e de aparência similar para substituí-lo.

Uma noite, quando estava sentado, já meio atordoado, em um antro mais do que infame, minha atenção foi repentinamente atraída para um objeto negro que repousava sobre um dos imensos barris de gim, ou de rum, que constituíam a mobília principal do ambiente. Eu vinha olhando para o alto daquele barril por alguns minutos, e o que agora me causava surpresa era o fato de não ter percebido antes o objeto que lá estava. Aproximei-me dele e o toquei com a mão. Era um gato preto – bem grande – tão grande quanto Plutão, e que se parecia muito com ele sob todos os aspectos, a não ser por um: Plutão não tinha um único pelo branco no corpo; mas esse gato tinha uma grande mancha branca, embora indefinida, que cobria quase toda a região do peito. Quando o toquei, ele se levantou imediatamente, ronronou alto, esfregou-se contra minha mão e pareceu satisfeito com minha atenção. Essa, então, era exatamente a criatura que eu vinha procurando. Logo me ofereci para comprá-lo do proprietário; mas ele respondeu que não era o dono – não sabia nada sobre ele – nunca o tinha visto antes. Continuei a acariciá-lo, e quando me preparei para voltar para casa, o animal pareceu disposto a me acompanhar. Permiti que o fizesse; vez ou outra me abaixava e o afagava enquanto caminhávamos. Quando chegamos em casa, familiarizou-se logo e tornou-se imediatamente o grande favorito de minha mulher.

De minha parte, logo senti nascer dentro de mim uma antipatia por ele. Isso era exatamente o reverso do que eu esperava. Não sei como ou por que aconteceu, mas a evidente afeição do gato por mim causava-me asco e me incomodava. Pouco a pouco, esses sentimentos de asco e incômodo evoluíram, até se transformarem na amargura do ódio. Eu evitava a criatura; um certo senso de vergonha e a lembrança do meu antigo ato de crueldade impediam que o maltratasse fisicamente. Por algumas semanas, não o maltratei ou usei de qualquer tipo de violência; mas, aos poucos – bem aos poucos –, passei a vê-lo com indizível aversão e a fugir em silêncio de sua presença odiosa, como se fugisse de uma peste. O que, sem dúvida, contribuiu para o meu ódio pelo animal foi a descoberta, na manhã seguinte a tê-lo trazido para casa, de que, assim como Plutão, ele também havia sido privado de um dos olhos. Essa circunstância, contudo, apenas o tornou mais estimado por minha mulher, que, como já mencionei, possuía, em alto grau aquela humanidade de sentimentos que, em tempos, foi meu traço característico e a fonte de muitos de meus prazeres mais simples e mais puros.

Contudo, a afeição do gato por mim parecia aumentar na medida de minha aversão. Ele seguia meus passos com uma obstinação que seria difícil fazer o leitor compreender. Sempre que me sentava, ele se aninhava sob minha cadeira, ou saltava nos meus joelhos, cobrindo-me com suas carícias repugnantes. Se me levantava para andar, ele se colocava entre meus pés e quase me derrubava, ou cravava as garras

longas e afiadas em minha roupa e escalava, dessa maneira, até meu peito. Nesses momentos, embora desejasse destruí-lo com um só golpe, eu me abstinha de fazê-lo, em parte pela memória de meu crime do passado, mas principalmente – deixe-me confessá-lo de vez – por absoluto pavor do animal. Esse pavor não era exatamente um pavor pelo mal físico – e ainda assim, não teria palavras para defini-lo de outra maneira. Fico quase envergonhado por admitir – sim, mesmo nessa cela de prisão, fico quase envergonhado por admitir – que o terror e o horror que o animal me inspirava tinham sido intensificados por uma das quimeras mais ordinárias que se poderia conceber. Minha mulher chamou-me a atenção, mais de uma vez, para a forma da marca de pelo branco da qual lhes falei anteriormente, e que constituía a única diferença visível entre o animal forasteiro e aquele que eu tinha destruído. O leitor há de se lembrar de que essa marca, embora grande, era indefinida no princípio; mas, aos poucos – em um grau quase imperceptível, e que por um bom tempo minha razão lutou para rejeitar como sendo fruto da minha imaginação –, a marca, com o passar do tempo, assumiu um contorno de rigorosa distinção. Era agora a representação de uma coisa que estremeço em nomear – e por isso, acima de tudo, eu abominava, temia e me livraria do monstro se pudesse me atrever – era agora, digo a vocês, a imagem de uma coisa horrível – de uma coisa medonha – a imagem do enforcamento! Ah, triste e terrível máquina do horror e do crime – da agonia e da morte!

    E agora, de fato, eu estava miserável, para além da miserabilidade humana. E um animal, cujo semelhante eu tinha assassinado de uma forma tão desprezível, causava a mim – a mim, um homem feito à imagem e semelhança de Deus – tanto desgosto insuportável! Ai de mim! Nem de dia, nem à noite, eu conseguia mais a benção do repouso! Durante o dia, a criatura não me deixava sozinho por um único momento; e à noite, eu acordava, de hora em hora, com pesadelos aterrorizantes, sentindo em meu rosto o hálito quente daquela coisa – um pesadelo encarnado que eu não tinha forças para espantar – e todo o seu peso jazendo eternamente sobre meu coração!

Sob a pressão de tormentos como esses, os restos esfarrapados do bem que havia em mim sucumbiram. Pensamentos perversos tornaram-se meus únicos amigos íntimos – os pensamentos mais sombrios e mais perversos. O mau humor habitual de meu temperamento progrediu para o ódio. Ódio de todas as coisas e de toda a humanidade. Enquanto minha esposa, que de nada reclamava – ah, Deus! –, tornou-se a vítima mais habitual e mais paciente das explosões repentinas, frequentes e ingovernáveis de fúria às quais eu agora me entregara cegamente.

Certo dia, ela me acompanhava, em algumas incumbências domésticas, ao porão da casa velha em que nossa pobreza nos obrigava agora a morar. O gato me seguia escada abaixo pelos degraus íngremes e, quase me fazendo cair de cabeça, levou-me à loucura. Levantei o machado e, esquecendo, em minha fúria, do pavor infantil que até agora vinha detendo minha mão, desferi um golpe no animal, que, por certo, teria sido instantâneo e fatal, se o tivesse acertado como eu desejava. Mas o golpe foi desviado pela mão de minha mulher. Incitado pela interferência a uma ira mais do que demoníaca, retirei a arma de seu alcance e enterrei o machado no cérebro dela. Ela caiu morta a meus pés, sem sequer gemer.

Levado a cabo o monstruoso assassinato, entreguei-me de imediato, e com toda determinação, à tarefa de ocultar o cadáver. Eu sabia que não poderia retirá-lo da casa, nem durante o dia nem à noite, sem correr o risco de ser observado pelos vizinhos. Vários projetos passaram pela minha mente. No primeiro momento, pensei em cortar o cadáver em pequenos pedaços e incinerá-lo. Depois, considerei cavar uma sepultura para ele no chão do porão. Em outro momento, pensei em atirá-lo no poço do jardim – ou em colocá-lo em um caixote, como se fosse uma mercadoria, tomando as medidas de costume, e então arrumar um carregador para tirá-lo da casa. Por fim, cheguei ao que considerei um expediente muito melhor do que todos os outros e decidi emparedá-lo no porão, assim como se dizia que os monges da Idade Média faziam com suas vítimas.

O porão era bem-adaptado a um propósito como este. As paredes eram construídas com material pouco resistente e tinham sido recém-rebocadas com um reboco rústico, que a umidade da atmosfera não permitiu endurecer. Além disso, em uma das paredes havia uma saliência de uma falsa chaminé, ou lareira, que tinha sido preenchida e modificada para se integrar ao restante do porão. Não tive dúvida de que poderia retirar os tijolos daquele ponto com facilidade, colocar lá o cadáver e refazer a parede toda como antes, de modo que nenhum olho pudesse detectar nada suspeito.

E nos meus cálculos, não estava enganado. Com a ajuda de um pé-de-cabra, removi com facilidade os tijolos e, após colocar o corpo cuidadosamente contra a parede interna, escorei-o naquela posição. Em seguida, sem muita dificuldade, recolocava toda a estrutura como antes estava disposta. Depois de procurar por argamassa, areia e crina, com toda precaução, preparei uma massa que não se podia distinguir da antiga, e com ela fiz o novo trabalho de alvenaria. Quando terminei, fiquei satisfeito por tudo estar perfeito. A parede não apresentava o menor sinal de ter sido refeita. A sujeira do chão foi retirada com cuidado minucioso. Olhei ao redor triunfante, e disse a mim mesmo: "Pelo menos aqui, meu trabalho não foi em vão".

O próximo passo foi procurar a criatura que tinha sido a causa de tanta desgraça. Porque, depois de tudo, eu estava firmemente decidido a colocar fim à vida do animal. Se naquele momento o tivesse encontrado, não haveria dúvida quanto à sua sorte; mas, pelo visto, o animal ardiloso ficou alarmado com a violência de minha ira e absteve-se de se fazer presente diante de meu humor no momento. É impossível descrever ou imaginar a sensação profunda e maravilhosa de alívio que a ausência da criatura detestada causou em meu peito. Ele não apareceu naquela noite – e assim, por uma noite, pelo menos, desde que se introduziu na casa, dormi tranquilo e em paz. Sim, dormi, mesmo com o fardo do assassinato sobre minha alma!

O segundo e o terceiro dia se passaram, e meu atormentador ainda não aparecera. Mais uma vez, respirei como um homem livre. O monstro, aterrorizado, tinha fugido de casa para sempre! Eu não teria mais que olhar para ele! Minha felicidade era suprema! A culpa por meu ato sombrio perturbava-me pouco. Fizeram algumas perguntas, mas elas tinham sido prontamente respondidas. Fizeram até mesmo uma busca – mas, é claro, nada foi descoberto.

Eu considerava garantida minha felicidade futura.

No quarto dia após o assassinato, um grupo de policiais bateu à minha porta, de forma bastante inesperada, dando início a uma nova e rigorosa investigação no local. Contudo, seguro quanto à impenetrabilidade do esconderijo, não me senti nem um pouco constrangido. Os oficiais me convidaram a acompanhá-los em sua busca. Não deixaram nenhum canto ou vão sem examinar. Por fim, pela terceira ou quarta vez, desceram ao porão. Não tremi um só músculo. Meu coração batia calmamente como o de alguém que dorme tranquilo. Andei pelo porão de um lado até o outro. Cruzei os braços sobre o peito e perambulei calmamente para lá e para cá. Os policiais estavam satisfeitos e se preparavam para partir. O deleite em meu coração era forte demais para ser contido. Eu ansiava por dizer-lhes pelo menos uma palavra, como um gesto de triunfo e para confirmar outra vez que tinham certeza da minha inocência.

— Cavalheiros — eu disse por fim, enquanto o grupo subia os degraus —, fico feliz por haver eliminado suas suspeitas. Desejo a todos boa saúde e um pouco mais de cortesia. A propósito, senhores, esta é uma casa muito bem construída. — No afã de dizer alguma coisa com naturalidade, eu mal sabia o que estava dizendo. — Devo dizer, uma casa de construção excelente. Essas paredes – vocês já estão indo, senhores? - essas paredes são bem sólidas. — E então, no frenesi de minhas bravatas, dei uma batida forte com a bengala que segurava nas mãos naquela parte da alvenaria atrás da qual estava o cadáver da mulher que tanto amava.

Mas que Deus me proteja e me livre das garras do demônio! O eco de minha batida nem tinha acabado de soar quando uma voz respondeu de dentro da parede! Um gemido, de início abafado e entrecortado, como o soluçar de uma criança, que depois foi crescendo rapidamente e se transformou em um grito alto, agudo e contínuo, completamente anômalo e inumano – um uivo – um guincho de lamentação, metade de horror e metade de triunfo, como se tivesse vindo do inferno, de um esforço conjunto das gargantas dos condenados em sua agonia e dos demônios que se deleitam na danação.

Falar de meus pensamentos é tolice. Desfalecendo, cambaleei até a parede do lado oposto. Por um instante, o grupo na escada ficou paralisado, em um misto de extremo terror e estarrecimento. Em seguida, uma dúzia de braços corpulentos investia contra a parede, que veio abaixo. O cadáver, já bem decomposto e coberto de sangue coagulado, surgiu ereto diante dos olhos dos espectadores. Sobre a cabeça, com a boca vermelha escancarada e o olho solitário de fogo, estava sentada a criatura hedionda cujos ardis tinham me seduzido ao assassinato, e cuja voz delatora havia me condenado à forca. Eu tinha emparedado o monstro dentro da tumba!

Conto dois

H.P. Lovecraft, batizado como Howard Phillips Lovecraft (1890-1937), foi um escritor americano mestre do horror cósmico, renomado por suas obras que exploram os limites da imaginação humana e mergulham nas profundezas do medo do desconhecido. Ele é considerado uma figura icônica no campo da literatura de terror e ficção científica.

Lovecraft é famoso por criar um universo literário único, autodenominado de "cosmicismo", repleto de seres ancestrais e entidades cósmicas ininteligíveis que desafiam a compreensão humana. Suas histórias frequentemente se desenrolam em cenários sombrios e isolados, onde o protagonista é confrontado com a terrível realidade de um universo hostil e a humanidade é apenas uma pequena parte de um cosmos vasto e indiferente.

Suas obras mais conhecidas incluem "O chamado de Cthulhu", que deu origem ao ícone do terror, Cthulhu, uma entidade gigantesca e adormecida que desperta pesadelos inomináveis em quem a encontra. Além disso, "Os gatos de Ulthar" é uma história que gira em torno de uma antiga e estranha superstição da cidade de Ulthar, na qual proíbe rigorosamente a matança de gatos, pois acreditam que esses seres possuem poderes sobrenaturais. Outra obra notável é "A Cor que Caiu do Espaço", que explora os horrores cósmicos que emanam de um misterioso meteorito.

Sua escrita é marcada por um estilo único, repleto de um vocabulário erudito e atmosferas opressivas. Frequentemente questiona a sanidade de seus personagens à medida que eles se defrontam com o desconhecido e o inefável.

Apesar de ter alcançado reconhecimento póstumo, H. P. Lovecraft enfrentou uma série de desafios pessoais, incluindo problemas de saúde e isolamento social. Sua morte precoce aos 46 anos, devido a um câncer no intestino, não diminuiu a influência duradoura de sua obra, que continua a inspirar escritores, cineastas e artistas, explorando os limites do terror e da imaginação humana. H.P. Lovecraft é lembrado como um mestre cujas criações continuam a ecoar nas profundezas do medo e da maravilha na literatura contemporânea.

Os Gatos de Ulthar

Dizem que em Ulthar, situada além do rio Skai, ninguém pode matar um gato; e posso facilmente aceitar isso quando admiro um deles ronronando junto ao fogo. Pois o gato é enigmático e atento a coisas estranhas que os homens não podem enxergar. Ele é a alma do antigo Egito, um receptáculo de histórias das cidades esquecidas em Meroé e Ofir. Ele é parente dos senhores da floresta e herdeiro dos segredos da antiga e misteriosa África. A Esfinge é sua prima e ele fala o idioma dela; mas ele é mais antigo do que a Esfinge, e se lembra daquilo que ela já esqueceu.

Em Ulthar, antes que os aldeões proibissem para sempre a matança de gatos, viviam um velho camponês e sua esposa, e ambos adoravam capturar e matar os gatos de seus vizinhos. Não sei por que faziam isso, embora muitos odeiem a voz dos gatos à noite e não suportem vê-los correr furtivamente pelos pátios e jardins ao anoitecer. Mas não importa qual fosse o motivo, o velho homem e a velha mulher sentiam prazer em capturar com armadilhas e matar qualquer gato que se aproximasse de seu casebre; e pelos sons que se ouviam após escurecer, muitos aldeões imaginavam que a matança se dava de modo extraordinariamente peculiar. No entanto, os aldeões não discutiam essas coisas com o velho casal devido à habitual expressão no rosto macilento de ambos, e porque o casebre deles era muito pequeno e obscuramente escondido sob imensos carvalhos nos fundos de um pátio malcuidado. Os donos dos gatos, na verdade, em vez de odiar essa gente estranha, temiam-na; e em vez de repudiá-los como assassinos brutais, simplesmente cuidavam para que os queridos animais de estimação ou caçadores de camundongos não fossem perambular na direção do remoto casebre sob as árvores sombrias. Quando, por algum inevitável descuido, um gato desaparecia e se ouviam aqueles sons após anoitecer, só restava ao dono impotente lamentar; ou então consolar-se agradecendo ao Destino por não lhe ter feito um dos filhos desaparecer. Pois as pessoas de Ulthar eram simplórias e não sabiam de onde os primeiros gatos tinham surgido.

Um dia, uma caravana de estranhos viajantes do Sul entraram nas estreitas ruas de paralelepípedos de Ulthar. Os viajantes tinham a pele escura e eram diferentes do outro povo itinerante que passava pelo vilarejo duas vezes ao ano. No mercado, eles liam a sorte em troca de umas moedas de prata e compravam miçangas coloridas dos comerciantes. Ninguém sabia dizer de onde eles vinham, mas via-se que eram dados a estranhas rezas e suas carroças traziam nas laterais pinturas de figuras estranhas com corpos humanos e cabeças de gatos, falcões, carneiros e leões. E o líder da caravana usava um adorno na cabeça que tinha dois chifres com um curioso disco no centro.

Nessa estranha caravana havia um garotinho sem pai nem mãe, que tinha apenas um pequeno gatinho preto para afagar. A peste não havia sido condescendente e deixou-lhe apenas o bichano peludo para aplacar sua tristeza; e quando se é muito jovem, é fácil encontrar um bom consolo nas travessuras vivazes de um gatinho preto. Assim, o garotinho a quem as pessoas de pele escura chamavam de Menes divertia-se mais do que chorava ao brincar com seu gracioso gatinho, sentado nos degraus daquela carroça tão estranhamente pintada.

Na terceira manhã da estada dos viajantes em Ulthar, Menes não conseguia encontrar seu gatinho; e enquanto soluçava copiosamente no mercado, alguns aldeões contaram-lhe sobre o velho homem e sua mulher, e sobre os sons que se ouviam durante a noite. Quando ele ouviu essas histórias, seu choro deu lugar à reflexão e, em seguida, à oração. Ele estendeu seus braços em direção ao sol e rezou numa língua que os aldeões não podiam entender; embora eles não estivessem realmente se esforçando para entender, já que sua atenção estava mais voltada para o céu e a forma estranha que as nuvens estavam adquirindo. Era bastante peculiar, mas à medida que o garotinho proferia sua súplica, parecia que lá em cima se formavam obscuras e nebulosas figuras exóticas de criaturas híbridas coroadas por discos ladeados por chifres. A Natureza está repleta desses tipos de ilusões que impressionam os mais sugestionáveis.

Naquela noite, os viajantes partiram de Ulthar e nunca mais foram vistos. Os moradores ficaram alarmados quando notaram que em todo o vilarejo não havia mais nenhum gato. O gato de estimação de cada lar havia sumido; gatos pequenos e grandes, cinza, pretos, malhados, amarelos e brancos. O velho Kranon, o prefeito, jurava que a gente de pele escura havia levado os gatos embora como vingança pela morte do bichano de Menes, e amaldiçoou a caravana e o menino. Mas Nith, o esguio tabelião, afirmava que o velho camponês e sua mulher eram os suspeitos mais prováveis; pois sua aversão por gatos era cada vez mais notória e descarada. Ninguém ainda se atrevia a reclamar com o sinistro casal; até o pequeno Atal, filho de estalajadeiro, jurava ter visto todos os gatos de Ulthar naquele execrável pátio sob as árvores, andando em pares lenta e solenemente em um círculo ao redor do casebre, como se estivessem executando algum rito bestial desconhecido. Os aldeões não sabiam o quanto deveriam acreditar no garoto; e embora eles temessem que a dupla diabólica tivesse enfeitiçado os gatos para matá-los, eles preferiram não repreender os dois até que os encontrassem longe daquele repulsivo pátio. Assim, Ulthar foi dormir reprimindo sua raiva; e quando as pessoas se levantaram ao amanhecer – Vejam! Eis que cada gato estava de volta ao coração de seu lar! Grandes e pequenos, pretos, cinza, malhados, amarelos e brancos, não faltava nenhum. Os gatos pareciam rechonchudos e lustrosos, transbordando sonoramente de contentamento. Os moradores conversavam entre si um tanto maravilhados com o ocorrido. O velho Kranon novamente insistiu que o povo de pele escura que os tinha levado, já que os gatos nunca voltavam vivos do casebre do velho homem e de sua mulher. Mas todos concordavam com uma coisa: que a recusa dos gatos em comer sua porção de carne ou beber de seus pires de leite era demasiadamente curiosa. E por dois dias inteiros os lustrosos e preguiçosos gatos de Ulthar não tocaram a comida, e apenas dormitavam perto do fogo ou ao sol.

 Passou uma semana inteira antes que os aldeões percebessem que nenhuma luz aparecia nas janelas do casebre sob as árvores após o crepúsculo. Então, o esguio Nith notou que ninguém tinha visto o velho homem ou sua mulher desde que os gatos haviam sumido. Passada mais uma semana, o prefeito decidiu superar seus temores e ir até a estranha e silenciosa residência no cumprimento de seus deveres, embora, para fazer isso, tenha tomado a precaução de levar consigo Shang, o ferreiro, e Thul, o talhador de pedras, como testemunhas. Quando eles derrubaram a frágil porta, encontraram apenas isto: dois esqueletos humanos no chão de terra batida e uma porção de estranhos besouros movendo-se pelos cantos escuros.

Em seguida, muito se falou a respeito disso entre os aldeões de Ulthar. Zath, o médico legista, debateu muito sobre o assunto com Nith, o esguio tabelião; e Kranon, Shang e Thul foram ostensivamente questionados. Até mesmo o pequeno Atal, o filho do estalajadeiro, foi rigorosamente interrogado e recebeu um doce como recompensa. Eles falaram do velho camponês e de sua esposa, da caravana de viajantes de pele escura, do pequeno Menes com seu gatinho, das rezas de Menes e do céu durante a súplica, do comportamento dos gatos na noite em que a caravana partiu e do que foi encontrado mais tarde no casebre sob as árvores escuras no repulsivo pátio.

E no final, os aldeões promulgaram a notável lei que é comentada por comerciantes em Hatheg e discutida por viajantes em Nir; a saber, que em Ulthar não se pode matar gatos.

malícia.

Conto três

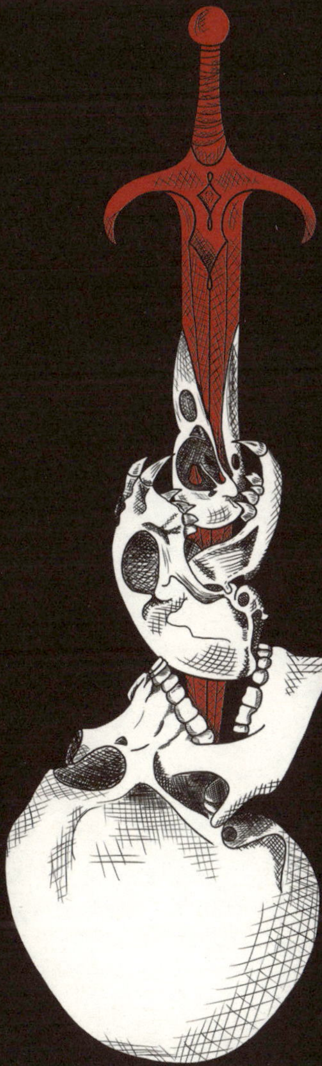

Arthur Conan Doyle

Sir Arthur Conan Doyle (1859-1930) foi um proeminente escritor escocês, amplamente reconhecido como o criador do icônico detetive Sherlock Holmes. Ele é uma figura de destaque na literatura de mistério e na ficção de detetive do final do século XIX e início do século XX.

Doyle é famoso por suas narrativas envolventes e intrigantes, com foco central em Sherlock Holmes, um detetive brilhante cujas habilidades dedutivas são incomparáveis. Entre suas obras mais aclamadas estão romances como "O Cão dos Baskervilles" e contos como "Um Estudo em Vermelho" e "O Signo dos Quatro", todos apresentando o detetive mais famoso da literatura.

A escrita de Conan Doyle é notável por sua capacidade de criar tramas complexas e personagens cativantes, enquanto explora temas fundamentais como a lógica, a dedução, o crime e o mistério. Seu trabalho impactou profundamente o gênero de contos de detetive e continua a inspirar autores e leitores até os dias atuais.

Embora tenha desfrutado de grande sucesso literário e financeiro graças a Sherlock Holmes, a relação de Conan Doyle com seu personagem icônico foi complexa e ambivalente. Doyle também produziu outras obras notáveis, como o conto "O Gato Brasileiro" e aventurou-se em diferentes gêneros, incluindo ficção científica e romances históricos, demonstrando sua versatilidade literária.

Sir Arthur Conan Doyle enfrentou desafios pessoais e profissionais ao longo de sua vida, incluindo a perda de entes queridos e seu próprio ceticismo em relação ao espiritismo, que o levou a investigar e escrever sobre o assunto. Sua morte em 1930 marcou o fim de uma carreira literária prodigiosa e deixou um legado duradouro na literatura de mistério e na cultura popular. Arthur Conan Doyle é lembrado como o criador de um dos detetives mais famosos da história e como um mestre da narrativa de mistério. Além de sua brilhante carreira literária, era médico.

Arthur Conan Doyle.

O Gato Brasileiro

É difícil para um jovem ter gostos caros, grandes expectativas, conexões aristocráticas, mas não possuir dinheiro real em seu bolso, nem uma profissão pela qual ele possa ganhar um pouco. O fato é que meu pai, um homem bom, otimista e despreocupado, tinha tanta confiança na riqueza e na benevolência de seu irmão mais velho e solteiro, Lorde Southerton, que tomou como certo que eu, seu único filho, nunca precisaria sair para ganhar a vida. Imaginou que, se não houvesse uma posição disponível para mim nas grandes propriedades de Southerton, eu encontraria pelo menos algum cargo no serviço diplomático, no qual ainda remanesce a preservação especial de nossas classes privilegiadas. Ele morreu cedo demais para perceber como seus cálculos estavam errados. Nem o meu tio nem o Estado prestaram atenção a mim, ou mostraram qualquer interesse em minha carreira. Um par ocasional de faisões, ou cesta de lebres, foi tudo o que já recebi para me lembrar de que era herdeiro de Otwell House e das propriedades mais ricas do país. Entretanto, me tornei um solteiro e um homem da cidade, vivendo num conjunto de apartamentos em Grosvenor Mansions, sem qualquer ocupação além de atirar em pombos e praticar pólo em Hurlingham. Mês a mês, percebi que era mais e mais difícil fazer com que os corretores renovassem minhas contas, ou descontassem todos os *post-mortem* adicionais sobre uma propriedade inalienável. A ruína estava bem no meu caminho, e a cada dia eu a via mais clara, mais próxima, e mais absolutamente inevitável.

O que mais me fez sentir minha própria pobreza foi o fato de que, além da grande riqueza de Lorde Southerton, todas as minhas outras relações eram bastante abastadas. A mais próxima delas era Everard King, sobrinho de meu pai e meu primo em primeiro grau, que tivera uma vida aventureira no Brasil, e agora retornara ao país para se estabelecer com sua fortuna. Nunca soubemos como ele acumulou sua riqueza, mas parecia ter bastante, pois comprou a propriedade de Greylands, próxima a Clipton-on-the-Marsh, em Suffolk. Durante seu primeiro ano de residência na Inglaterra, ele não demonstrou menos interesse por mim do que com meu mísero tio. Mas, finalmente, numa manhã de verão, para meu grande alívio e alegria, recebi uma carta que pedia que, nesse mesmo dia, prestasse uma curta viita à Corte de Greylands. Eu estava esperando uma visita bem longa ao Tribunal de Falências na época, e esta intervenção parecia quase providencial. Se ao menos conseguisse lidar com este meu parente desconhecido, talvez ainda sobrevivesse. Pelo crédito da família, ele não poderia me deixar completamente deserdado. Mandei o meu criado arrumar a mala e parti na mesma noite para Clipton-on-the-Marsh.

Depois de mudar de trens em Ipswich, um trem local

me deixou em uma estação pequena e deserta que se encontrava entre uma terra gramínea, com um rio lento e curvo serpenteando entre os vales e entre as altas planícies, que mostravam que estávamos dentro do alcance da maresia. Nenhuma carruagem me esperava (descobri depois que meu telegrama tinha sido adiado), então aluguei um transporte na pousada local. O motorista, um excelente companheiro, era só cheio de elogios ao parente, e aprendi com ele que o Sr. Everard King já era um nome conhecido naquela parte do país. Ele tinha entretido as crianças da escola, aberto suas terras aos visitantes, contribuído para instituições de caridade; em suma, sua benevolência era tão universal que meu motorista só conseguia explicá-la supondo que ele tinha ambições parlamentares.

Minha atenção foi tirada de meu motorista panegírico pela aparição de um pássaro muito bonito que pousou em um telégrafo ao lado da estrada. No início pensei que fosse um gaio, mas era maior, com uma plumagem mais brilhante. O condutor notou sua presença ao dizer que pertencia ao homem que íamos visitar. Parece que a aclimatação de criaturas estrangeiras era um de seus hobbies, e que tinha trazido com ele do Brasil um número de aves e animais que se esforçava para criar na Inglaterra. Quando passamos os portões de Greylands Park, tivemos amplas evidências desse gosto. Alguns pequenos cervos pintados, um porco selvagem curioso conhecido, creio eu, como queixada, um papa-figos finamente penado, algum tipo de tatu, e uma singular besta parecida com um texugo muito gordo, estavam entre as criaturas que observei enquanto dirigíamos ao longo do caminho.

Sr. Everard King, meu primo desconhecido, estava de pé sobre os degraus de sua casa, pois nos tinha visto à distância e adivinhou que fosse eu. Sua aparência era muito caseira e benevolente, baixo e robusto, com cerca de quarenta e cinco anos, uma cara redonda, bem-humorada, queimada com o sol tropical e abatida por mil rugas. Ele usava roupas de linho branco, em verdadeiro estilo agricultor, com um charuto entre os lábios e um grande chapéu Panamá na parte de trás de sua cabeça. Era exatamente como alguém que se associa com um bangalô varandado, e parecia curiosamente um peixe fora d'água frente esta mansão inglesa larga, de pedra, com suas sólidas alas e suas colunas de Palladio diante da entrada.

— Minha querida! — gritou, olhando por cima do ombro. — Minha querida, eis o nosso convidado! Bem-vindo, bem-vindo a Greylands! É um prazer conhecê-lo, primo Marshall, e considero uma grande honra que agracie esta pequena terra com a sua presença.

Nada poderia ser mais caloroso do que os seus modos, o que me deixou à vontade em um instante. Mas ele precisava de toda a sua cordialidade para compensar a frigidez e até mesmo a grosseria de sua esposa, uma mulher alta e abatida, que atendeu à sua convocação. Ela era, acredito, de origem brasileira, embora falasse um inglês excelente, e desculpei suas maneiras, atribuindo-as à sua falta de familiaridade com nossos costumes. No entanto, nem agora nem depois, ela tentou esconder o fato de que eu não era um visitante muito bem-vindo na Corte de Greylands. Suas palavras eram, via de regra, corteses, mas ela possuia um par de olhos escuros particularmente expressivos, e eu li neles muito claramente, desde a primeira vez, que ela desejava profundamente que eu retornasse a Londres.

No entanto, minhas dívidas eram muito urgentes e meus planos para meu parente rico eram muito vitais para mim, a ponto de não permitir que fossem incomodados pelo mau humor de sua esposa. Portanto, ignorei a sua frieza e retribuí a extrema cordialidade de sua recepção. Ele não poupou nada para me deixar confortável. O meu quarto era encantador. Ele me implorou para que lhe dissesse qualquer coisa que pudesse aumentar a minha felicidade. Estava na ponta da língua informá-lo que um cheque em branco me ajudaria materialmente com este fim, mas senti que poderia ser prematuro no estado atual de nosso conhecimento. O jantar estava excelente, e enquanto nos sentávamos depois para desfrutar de seus Havanas e café — este, segundo me foi dito, preparado especialmente com o grão de café de sua própria plantação —, me pareceu que todos os elogios do meu motorista eram merecidos, e que eu jamais encontraria outro homem com um coração maior e mais hospitaleiro.

Mas, apesar de sua natureza boa e alegre, ele era um homem com uma vontade forte e um temperamento ardente. Disso tive um exemplo na manhã seguinte. A curiosa aversão que a Sra. Everard King tinha para comigo era tão forte, que o seu modo de tomar o desjejum era quase ofensivo. Mas o seu significado tornou-se inconfundível quando o marido deixou o cômodo.

— O melhor trem diurno sai às 12:15 — disse ela.

— Mas eu não estava pensando em partir hoje — respondi de maneira franca, talvez até desafiadora, pois estava determinado a não ser expulso por esta mulher.

— Oh, se estiver em seu poder... — disse ela, e parou, com uma expressão insolente em seus olhos.

— Estou certo — respondi — de que o Sr. Everard King me diria se estivesse abusando de sua hospitalidade.

— O que é isto? O que é isto? — disse uma voz, e lá estava ele de volta. Ele ouviu as minhas últimas palavras, e um olhar nos nossos rostos lhe contou o resto. Em um instante, seu rosto gordinho e alegre se transformou em uma expressão de absoluta ferocidade.

— Preciso pedir para que dê um pequeno passeio, Marshall — disse ele. (Preciso dizer que me chamo Marshall King).

Ele fechou a porta atrás de mim, e por um instante, ouvi-o falando em voz baixa com paixão concentrada com sua esposa. Essa rude quebra de hospitalidade claramente atingiu o seu ponto mais delicado. Não sou bisbilhoteiro, por isso fui até o pátio. Logo após, ouvi um passo apressado atrás de mim, e lá estava a senhora, com o rosto pálido de emoção e os seus olhos vermelhos de lágrimas.

— Meu marido me pediu para lhe pedir desculpas, Sr. Marshall King — disse ela, de pé com os olhos abatidos diante de mim.

— Por favor, não diga mais nada, Sra. King.

Seus olhos escuros de repente brilharam para mim.

— Seu tolo! — sibilou, com veemência frenética, e voltou correndo de volta para a casa.

O insulto foi tão ultrajante, tão insuportável, que eu só podia ficar olhando para ela, perplexo. Eu ainda estava lá quando meu anfitrião se juntou a mim. Ele estava alegre e rechonchudo mais uma vez.

— Espero que minha esposa tenha se desculpado por seus comentários tolos — disse ele.

— Oh, sim, sim, certamente!

Ele colocou a mão em meu braço e andou comigo para cima e para baixo no gramado.

— Não deve levar isso a sério — disse ele. — Lamentaria se reduzisse sua visita em uma hora que fosse. O fato é que não existe nenhuma razão para que haja qualquer dissimulação entre os parentes, de quem minha pobre querida esposa é incrivelmente ciumenta. Ela odeia que qualquer homem ou mulher se coloque entre nós. Seu ideal é uma ilha deserta e um eterno *tête-à-tête*. Isso lhe dá uma pista para justificar suas ações, que estão, confesso, sobre este ponto em particular, não muito longe da mania. Me diga que não pensará mais nisso.

— Não, não. Certamente não.

— Então acenda este cigarro e venha comigo para conhecer minha pequena coleção de animais.

A tarde inteira foi ocupada por esta inspeção, que incluía todos os pássaros, bestas, e até mesmo os répteis que tinha importado. Alguns estavam soltos, outros em gaiolas, e até mesmo alguns dentro da casa. Ele falava com entusiasmo de seus sucessos e seus fracassos, seus nascimentos e suas mortes, e chorava em seu deleite, como um estudante, quando, enquanto caminhávamos, algum pássaro berrante se agitava na grama, ou alguma besta curiosa se escondia. Finalmente, ele me levou por um corredor que se estendia de uma ala a outra da casa. No final, havia uma porta pesada com uma janela deslizante, ao lado da qual se projetava da parede uma maçaneta de ferro unida a uma roda e a um tambor. Uma linha de barras robustas se estendia através da passagem.

— Estou prestes a lhe mostrar a joia da minha coleção — disse ele. — Há apenas um outro espécime na Europa, agora que o filhote de Rotterdam está morto. É um gato brasileiro.

— Mas como ele se difere de outros gatos?

— Logo verá — respondeu, rindo. — Importa-se de puxar a janela e dar uma olhada?

Assim o fiz, e reparei que olhava para um quarto grande, vazio, com marcadores de pedra, janelas pequenas e com barras na parede mais distante.

No centro desta sala, situada no meio de uma mancha dourada de luz solar, estendia-se uma enorme criatura, tão grande quanto um tigre, mas tão negra e elegante como ébano. Era simplesmente um enorme e muito bem guardado gato preto, e se aconchegava e aquecia naquela piscina amarela de luz exatamente como um gato faria. Era tão gracioso, tão vigoroso e o mesmo tempo tão gentil e suavemente diabólico que não podia tirar meus olhos da abertura.

— Ele não é esplêndido? — disse meu anfitrião, entusiasmado.

— Glorioso! Nunca vi criatura tão nobre.

— Algumas pessoas o chamam de puma negro, mas não tem nada de puma. Aquele camarada tem quase três metros da cauda à ponta. Há quatro anos, ele era uma bola de pelos pretos, com dois olhos amarelos à espreita. Ele me foi vendido como um filhote recém-nascido no país selvagem das cabeceiras do Rio Negro. Mataram a mãe dele com uma lança depois de ela matar uma dúzia deles.

— São ferozes, então?

— As criaturas mais traiçoeiras e sanguinárias da Terra. Se falar de um gato brasileiro para um índio do interior, o veria saltar. Eles preferem caçar humanos. Este camarada nunca provou sangue vivo ainda, mas quando o fizer será um terror. Não admite mais ninguém além mim em seu cativeiro. Mesmo Baldwin, o cuidador, não se atreve a chegar perto dele. Quanto a mim, eu sou sua mãe e pai.

Enquanto ele falava, de repente, para minha surpresa, abriu a porta e entrou, fechando-a imediatamente atrás dele. Ao som de sua voz, a criatura enorme e ágil se levantou, bocejou e esfregou sua cabeça redonda e preta carinhosamente contra seu lado, enquanto ele a acariciava e afagava.

— Agora, Tommy, para a cela! — disse ele.

O gato monstruoso caminhou para um canto da sala e enrolou-se dentro de uma grade. Everard King saiu, e tomando a maçaneta de ferro que mencionei, começou a girá-la. Ao fazê-lo, a linha de barras no corredor começou a passar por uma ranhura na parede e fechou a frente desta grade, de modo a fazer uma gaiola eficaz. Quando estava em posição, abriu a porta mais uma vez e me convidou para entrar na sala, que estava impregnada com o pungente e peculiar cheiro do grande carnívoro.

— É assim que fazemos — disse ele. — Damos a ele a sala para fazer exercício e, à noite, o colocamos na gaiola. Você pode soltá-lo girando a maçaneta da passagem, ou pode, como viu, prendê-lo da mesma maneira. Não, não, não deveria fazer isso!

Eu tinha colocado minha mão entre as barras para afagar o brilhante e pesado flanco. Ele a puxou de volta, com uma cara séria.

— Te asseguro que isso não é seguro. Não pense que porque eu posso tomar liberdades com ele, que qualquer pessoa pode. Ele é muito seletivo em seus amigos... não é mesmo, Tommy? Ah, ele ouve o almoço chegando! Não é mesmo, rapaz?

Um passo soou na passagem coberta de pedras, e a criatura estava de pé, e andava para cima e para baixo na gaiola estreita, seus olhos amarelos brilhavam, e sua lingueta escarlate ondulava e tremulava sobre a linha branca de seus dentes afiados. Um cuidador entrou com um pedaço de carne em uma bandeja e a empurrou para ele através das barras. Ele saltou levemente sobre o banquete, o levou para o canto, e lá, segurando o pedaço de carne entre suas patas, rasgou e torceu, levantando seu focinho sangrento de vez em quando para olhar para nós. Era uma visão maligna e fascinante.

— Não pode imaginar que eu goste dele, não é? — disse meu anfitrião, quando saímos da sala, — especialmente quando você considera que fui responsável pela sua criação. Não foi brincadeira trazê-lo do centro da América do Sul. Mas aqui ele está, são e salvo e, como mencionei, de longe o espécime mais perfeito da Europa. As pessoas do zoológico estão morrendo de vontade de tê-lo, mas não posso me separar dele. Acho que estou tomando muito do seu tempo com meu hobby! Não podemos fazer melhor agora do que seguir o exemplo de Tommy e ir para o nosso almoço.

Meu parente sul-americano estava tão absorto por suas terras e seus ocupantes curiosos, que mal lhe dei crédito no início por ter quaisquer interesses fora deles. Que ele tinha alguns, e os mais urgentes, logo ficou claro para mim pelo número de telegramas que ele recebia. Eles chegavam a todo momento, e eram sempre abertos por ele com a maior ansiedade e animação em seu rosto. Às vezes eu imaginava que devessem ser do jardineiro, e às vezes da

Bolsa de Valores, mas era claro que ele tinha alguns negócios muito urgentes correndo que ainda não tinham sido transacionados com os Downs de Suffolk. Durante os seis dias de minha visita, ele não recebeu menos do que três ou quatro telegramas por dia, e às vezes até sete ou oito.

Eu tinha ocupado esses seis dias tão bem que, no final deles, tinha conseguido chegar aos termos mais cordiais com meu primo. Todas as noites nos sentávamos tarde na sala de bilhar, e ele me contava as histórias mais extraordinárias das suas aventuras na América, histórias tão desesperadas e imprudentes que mal conseguia associá-las com o homenzinho moreno à minha frente. Em troca, aventurei-me a contar algumas de minhas próprias reminiscências da vida de Londres, que o interessavam tanto que ele jurou que viria até Grosvenor Mansions para ficar comigo. Ele estava ansioso para ver o lado mais agitado da vida na cidade, e certamente, embora o tenha dito, ele não poderia ter escolhido um guia mais competente. Não foi até o último dia de minha visita que me arrisquei abordar o que estava em minha mente. Falei francamente sobre as minhas dificuldades pecuniárias e minha ruína iminente, e pedi seu conselho, embora esperasse por algo mais substancial. Ele ouviu atentamente, soprando forte em seu charuto.

— Mas creio — disse ele — que é o herdeiro de nosso parente, Lorde Southerton, estou certo?

— Tenho todas as razões para acreditar nisso, mas ele nunca me daria uma mesada.

— Não, não, ouvi falar de suas práticas miseráveis. Meu pobre Marshall, sua posição é muito delicada. A propósito, tem notícias recentes da saúde do Lorde Southerton?

— Ele sempre esteve em estado crítico desde a minha infância.

— Exatamente: uma dobradiça que range, se é que foi

alguma vez uma dobradiça funcional. A sua herança pode estar longe. Meu Deus, sua situação não é das melhores!

— Eu tinha algumas esperanças, senhor, que você, sabendo de todos os fatos, poderia estar inclinado a adiantar...

— Não diga mais nada, meu caro — gritou, com a maior das cordialidades — Falaremos sobre isso esta noite, e lhe dou minha palavra de que tudo o que estiver em meu poder será feito.

Não lamentei que a minha visita estivesse chegando ao fim, embora seja desagradável sentir que há alguém na casa que deseje ansiosamente a sua partida. A cara pálida da Sra. King e os seus olhos proibitivos tornaram-se cada vez mais odiosos para mim. Ela não era mais ativamente rude, o medo de seu marido a impedia, mas demonstrava seu ciúme insano ao ponto de me ignorar, nunca se dirigir a mim, e em todos os sentidos fazer minha estadia em Greylands tão desconfortável quanto poderia. Tão ofensivo foi o jeito dela durante aquele último dia, que eu certamente teria ido embora se não fosse por aquela conversa com meu anfitrião na noite que, esperava eu, recuperaria minha fortuna perdida.

Estava muito tarde quando tudo aconteceu, pois meu primo, que tinha recebido ainda mais telegramas do que o habitual durante o dia, saiu para o seu escritório depois do jantar e só surgiu quando a governanta se retirou para a cama. Eu o ouvi trancando as portas, como de costume à noite, e finalmente juntou-se a mim na sala de jogos. Sua figura robusta estava enrolada em um roupão, e ele usava um par de chinelos turcos vermelhos sem qualquer salto. Assentando-se numa poltrona, ele próprio preparou um copo de grogue, no qual não pude deixar de notar que o whisky predominava consideravelmente sobre a água.

— Céus! — disse ele. — Que noite!

Tinha sido, de fato. O vento uivava e rugia pela casa, e

as janelas tremiam e balançavam como se estivessem abertas. A luz das lâmpadas amarelas parecia mais brilhante, e o sabor dos nossos charutos parecia mais perfumado.

— Agora, meu caro — disse meu anfitrião —, temos a casa e a noite para nós. Deixe-me entender melhor como estão os seus assuntos, e verei o que pode ser feito para colocá-los em ordem. Gostaria de ouvir cada detalhe.

Assim encorajado, dei início a uma longa exposição, na qual mencionei todos os meus credores, desde meu senhorio até o meu criado. Eu tinha notas no meu livro de bolso, organizei os fatos, e dei, lisonjeio-me em dizer, uma declaração muito empresarial de meus próprios caminhos não-empresariais e de minha posição lamentável. Fiquei deprimido, entretanto, ao observar que os olhos de meu companheiro estavam vagos e sua atenção estava em outro lugar. Quando ele fazia ocasionalmente um comentário, era tão inteiramente superficial e inútil, que estava certo de que ele não estava nem seguindo minhas observações. De vez em quando, ele se despertava e colocava alguma demonstração de interesse, pedindo-me para repetir ou explicar um pouco mais, mas logo voltava a mergulhar na mesma nuvem negra de pensamentos. Finalmente, ele se levantou e jogou a ponta de seu charuto na grade.

— Digo-lhe uma coisa, meu rapaz — disse ele. — Eu nunca tive cabeça para números, então me desculpe. Por favor, anote em um papel a quantia de que você precisa. Entenderei quando vir em preto e branco.

A proposta era encorajadora. Eu prometi assim fazer.

— Agora é hora de irmos para cama. Céus, o relógio no corredor indica uma hora.

O badalo do relógio rompeu o rugido profundo do vendaval. O vento estava passando como a corredeira de um grande rio.

— Tenho que ver meu gato antes de ir para a cama — disse o meu anfitrião. — Ventos fortes o deixam agitado. Me acompanha?

— Certamente — respondi.

— Então ande suavemente e não fale, pois todos estão dormindo.

Passamos inaudíveis sobre o tapete persa do salão e pela porta na extremidade mais distante. Estava tudo escuro no corredor de pedra, mas uma lanterna do estábulo estava pendurada num gancho, e o meu anfitrião a pegou e a acendeu. Não havia nenhuma grade visível na passagem, então eu sabia que a besta estava em sua gaiola.

— Entre! — disse meu parente, abrindo a porta.

Um rosnado profundo quando entramos mostrou que a tempestade tinha realmente agitado a criatura. Na luz trêmula da lanterna, o vimos: uma massa preta enorme, enrolada no canto de seu cativeiro e agachada, uma sombra rude sobre a parede branca. Sua cauda balançava furiosamente entre a palha.

— Pobre Tommy, não está no melhor dos temperamentos — disse Everard King, segurando a lanterna e olhando para ele. — Ele parece um diabo preto, não? Tenho de lhe dar um jantar para o deixar com um humor melhor. Importa-se de segurar a lanterna por um momento?

Peguei a lanterna de sua mão e ele foi até a porta.

— A despensa dele é aqui fora — disse ele. — Me dê licença por um momento, sim? — Ele atravessou, e a porta fechou-se com um clique metálico atrás dele.

Aquele som duro e estaladiço fez o meu coração parar. Uma onda de terror repentina passou por mim. Uma vaga percepção de alguma traição monstruosa me deixou frio. Corri para a porta, mas não havia maçaneta do lado interno.

— Aqui! — gritei. — Me deixe sair!

— Certo! Não faça uma cena! — disse o meu anfitrião da passagem. — Você tem a lâmpada.

— Sim, mas eu não fico confortável em ficar trancado sozinho em uma sala como esta.

— Não? — Ouvi seu riso caloroso e risonho. — Não ficará sozinho por muito tempo.

— Deixe-me sair, senhor! — repeti ferozmente. — Digo-lhe que não permito brincadeiras deste tipo.

— *Brincadeira* é a palavra — disse ele, com outro riso odioso. E então de repente ouvi, em meio ao rugido da tempestade, o rangido e o lamento da maçaneta girando, e o chacoalhar da grade quando passava através do vão. Meu Deus, ele estava soltando o gato brasileiro!

À luz da lanterna vi as barras deslizando lentamente diante de mim. Já havia uma abertura de um metro na extremidade mais distante. Com um grito agarrei a última barra com as mãos e puxei com a força de um louco. Eu estava louco de raiva e horror. Por um minuto ou mais eu consegui deter a grade. Eu sabia que ele estava colocando toda a sua força sobre o cabo, e que com a alavancagem ele certamente iria me superar. Eu forcei centímetro por centímetro, meus pés deslizando ao longo das pedras, e todo o tempo eu implorava e implorava para este monstro desumano me salvar desta morte horrível. Chamei-o pelo seu parentesco. Lembrei-lhe de que era seu hóspede, implorei para saber que mal lhe tinha feito. Suas únicas respostas foram os puxões e empurrões sobre a maçaneta, cada um dos quais, apesar de todas as minhas lutas, puxava outra e outra barra através da abertura. Agarrado e pendurado, fui arrastado por toda a frente da gaiola, até que, finalmente, com os pulsos doloridos e os dedos dilacerados, desisti da luta desesperada. A grade foi puxada para trás quando a libertei, e um instante mais tarde eu ouvi o barulho das pantufas turcas no corredor, e a batida da porta distante. Então tudo estava silencioso.

A criatura não tinha se movido durante todo este tempo. Ele permaneceu parado no canto, e sua cauda tinha parado de balançar. A aparição de um homem segurando as barras de sua gaiola e gritando arrastado através dela aparentemente o encheu de espanto. Eu via seus grandes olhos fixados em mim. Eu tinha deixado cair a lanterna para poder segurar as barras, mas sua luz ainda queimava sobre o assoalho e fiz um movimento para pegá-la, como se sua luz pudesse me proteger. Mas, no instante em que me movi, a besta deu um profundo e ameaçador rosnado. Eu parei e permaneci onde estava, tremendo de medo em cada membro. O gato (se é que alguém pode chamar uma criatura tão temerosa por um nome tão caseiro) não estava a mais do que dez metros de mim. Seus olhos brilhavam como dois discos fumegantes na escuridão. Eles me apavoravam e me fascinavam. Não conseguia desviar o olhar deles. A natureza nos prega peças estranhas em tais momentos de intensidade, e aquelas luzes cintilantes aumentavam e diminuíam de maneira constante. Às vezes pareciam ser pequenos pontos de brilho extremo, pequenas faíscas elétricas na obscuridade negra, então elas se alargavam e se alargavam até que todo aquele canto da sala fosse preenchido com sua luz inconstante e sinistra. E então, de repente, ela cessou completamente.

E a besta fechou seus olhos. Eu não sei se pode haver alguma verdade na velha ideia do domínio do olhar humano sobre as criaturas, ou se o enorme gato estava simplesmente sonolento; mas o fato é que, longe de demonstrar qualquer ímpeto de me atacar, ele simplesmente descansava sua elegante cabeça preta sobre suas enormes patas dianteiras e parecia dormir. Fiquei de pé, temendo me mover, para não voltar a despertá-lo com pensamentos vis. Mas pelo menos agora eu era capaz de pensar claramente, uma vez que os olhos malignos estavam afastados de mim. Aqui estava eu, na noite escura, calado e na presença da fera. Os meus instintos, para não falar das palavras daquele vilão que me colocou nesta armadilha, avisaram-me que o animal era tão selvagem quanto era o seu dono. Como poderia esperar até a manhã? A porta era inútil, e assim também eram as janelas, estreitas, barradas. Não havia abrigo em lado nenhum na sala nua, com placas de pedra para todos os lados. Gritar por ajuda era absurdo. Eu sabia que este cativeiro ficava fora da casa, e que o corredor que o conectava com a casa tinha pelo menos trezentos metros de comprimento. Além disso, com aquele vendaval lá fora, os meus gritos não seriam ouvidos. Só podia confiar em minha coragem e inteligência.

E então, com um lampejo de horror, meus olhos caíram sobre a lanterna. A vela queimava baixo e já estava começando a esgotar sua luz. Em dez minutos se apagaria. Eu tinha apenas dez minutos para fazer alguma coisa, pois sentia que, uma vez deixado no escuro com essa besta amedrontadora, seria incapaz de agir. Só de pensar nisso fiquei paralisado. Lancei meus olhos desesperados por cada canto desta câmara da morte, e eles repousaram em um ponto que parecia talvez não oferecer segurança, mas sim um perigo menos imediato e iminente do que ficar exposto no meio do recinto.

A gaiola tinha uma face superior, assim como uma parte dianteira, e esta superior permaneceu no lugar quando a parte dianteira deslizou para dentro da fenda na parede. Era composta por barras posicionadas em um intervalo de alguns centímetros umas das outras, com uma rede de arame robusta entre cada uma delas, e repousava sobre um forte suporte nas extremidades. Era como um dossel grande e barrado sobre a figura encolhida no canto. O espaço entre esta cobertura de ferro e o telhado poderia ser de sessenta a noventa centímetros. Se eu pudesse chegar lá e ficar espremido entre as barras e o teto, teria apenas um lado vulnerável. Estaria a salvo de baixo, de trás e de cada um dos lados. Só poderia ser atacado de frente. É verdade, eu não tinha nenhuma proteção contra qualquer ataque vindo desse sentido, mas pelo menos estaria fora do caminho do bruto quando ele começasse a andar sobre seu cativeiro. Ele teria que sair do seu caminho para me encontrar. Era agora ou nunca, pois uma vez que a luz se apagasse, isso seria impossível. Engoli a seco e pulei, agarrei a borda de ferro do topo, e me sacudi ofegante para ela. Me contorci para baixo, e me vi olhando diretamente para os olhos terríveis e mandíbulas bocejantes do gato. O seu hálito fétido subiu-me à cara como o vapor de um pote imundo.

Parecia, no entanto, estar mais curioso do que irritado. Com uma ondulação suave de sua longa parte traseira preta, se levantou, se esticou, e se apoiou em suas patas posteriores, com uma pata dianteira de encontro à parede, levantou a outra, testando a malha de arames com suas garras logo abaixo de mim. Um gancho branco e afiado passou através do tecido das minhas calças (eu estava ainda em vestes noturnas), e cavou um sulco em meu joelho. Não era para ser um ataque, mas sim um experimento, pois ao meu agudo grito de dor ele voltou para baixo e, pulando levemente na sala, começou a andar rapidamente em volta dela, olhando para cima de vez em quando em minha direção. Busquei me encolher para trás até que me encostei contra a parede, me enroscando no menor espaço possível. Quanto mais longe eu chegasse, mais difícil seria para ele me atacar.

Ele parecia mais animado agora que tinha começado a se mover, e corria rapidamente e silenciosamente em volta do cativeiro, passando continuamente debaixo do sofá de ferro em que eu estava deitado. Era maravilhoso ver um volume tão grande passando como uma sombra, com as mais suaves das almofadas aveludadas sob suas patas. A vela queimava tão baixo que mal conseguia ver a criatura. E então, com um último clarão e faísca ela apagou completamente. Eu estava sozinho com o gato no escuro!

Ajuda enfrentar um perigo quando se sabe que se fez tudo o que poderia ser feito. Não lhe restava nada a fazer, senão aguardar calmamente o resultado. Neste caso, não havia nenhuma chance de segurança em qualquer outro lugar, exceto o ponto preciso onde eu estava. Me estiquei, portanto, e me deitei silenciosamente, quase sem fôlego, esperando que a besta poderia esquecer minha presença se eu não fizesse nada para lembrá-lo dela. Calculei que já fossem duas horas. Às quatro começaria a amanhecer. Não tinha mais do que duas horas para esperar a luz do dia.

Do lado de fora, a tempestade ainda estava furiosa e a chuva batia continuamente contra as pequenas janelas. Por dentro, o ar venenoso e fétido era avassalador. Não conseguia ouvir nem ver o gato. Tentei pensar em outras coisas, mas apenas uma tinha poder suficiente para tirar minha mente de minha terrível posição: a contemplação da vilania do meu primo, sua inigualável hipocrisia, seu ódio maligno por mim. Por trás daquele rosto alegre, espreitava o espírito de um assassino medieval. Enquanto pensava nisso, vi mais claramente o quão astuciosamente a coisa tinha sido arranjada. Ele aparentemente tinha ido para a cama com os outros. Sem dúvida que ele tinha testemunhas para atestar esse fato. Então, na surdina, ele tinha descido, me atraído para este covil e me abandonado. Sua história seria tão simples. Ele tinha me deixado para terminar meu charuto na sala de jogos. Eu tinha descido por conta própria para dar uma última olhada no gato. Entrei no recinto sem observar que a gaiola estava aberta, e fui pego. Como poderia tal crime ser direcionado a ele? Suspeita, talvez, mas prova, nunca!

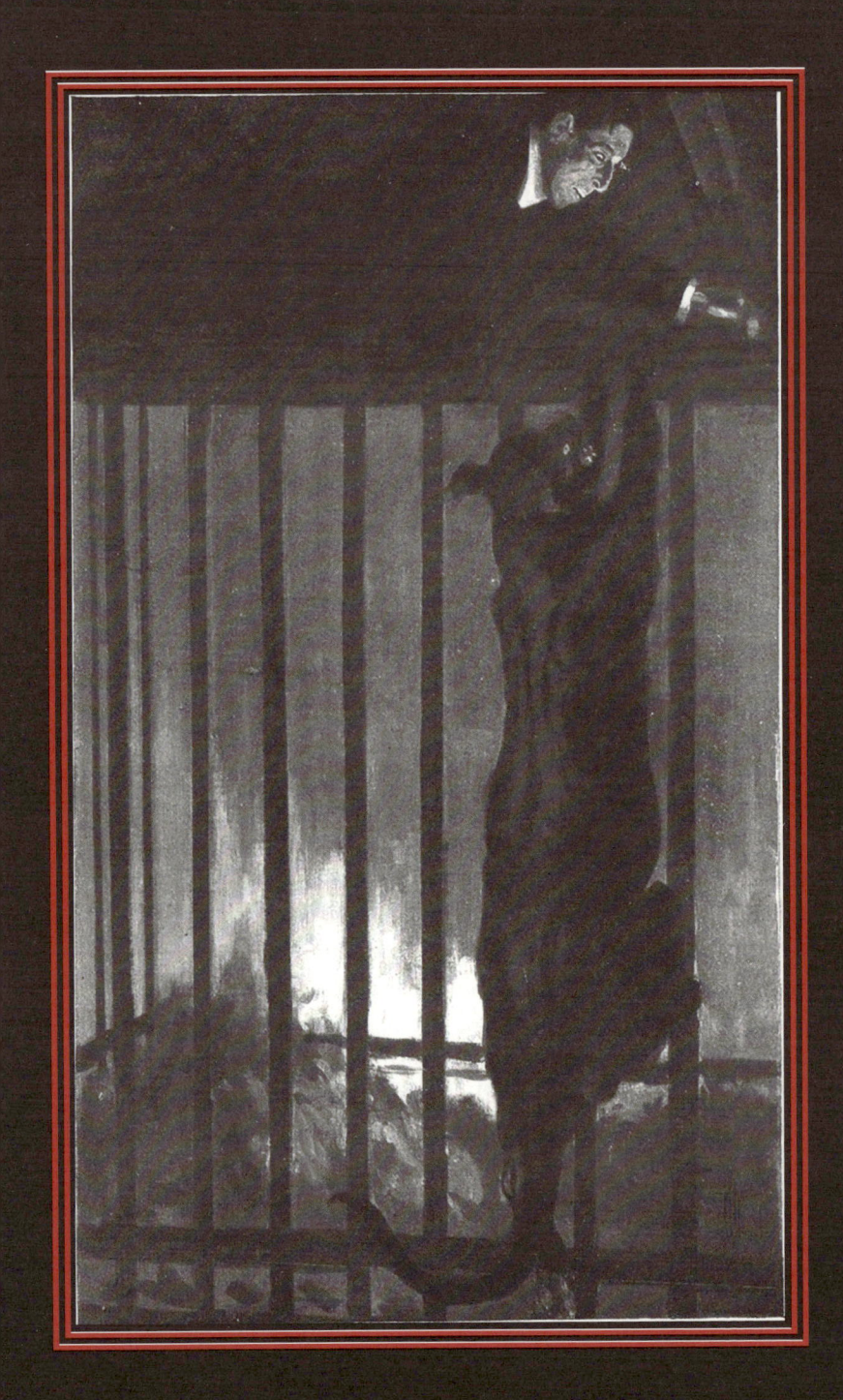

Quão lentamente essas duas horrendas horas passaram! Uma vez ouvi um som baixo e áspero, que tomei como sendo a criatura lambendo sua própria pele. Várias vezes aqueles olhos esverdeados brilhavam para mim através da escuridão, mas nunca em um olhar fixo, e minhas esperanças cresceram mais de que minha presença tinha sido esquecida ou ignorada. Finalmente, o vislumbre de luz, pelo menos tênue, veio através das janelas. Os vi pela primeira vez, vagamente, como dois quadrados cinzentos sobre a parede negra, e depois o cinzento tornou-se branco, e pude ver meu terrível companheiro mais uma vez. E ele, por sinal, podia me ver!

Era evidente para mim de imediato que ele estava com um humor muito mais perigoso e agressivo do que quando o vi pela última vez. O frio da manhã o irritava, e ele também estava com fome. Com um rosnado contínuo, ele caminhava rapidamente para cima e para baixo pelo lado do quarto que ficava mais distante de meu refúgio, seus bigodes que eriçavam irritadamente, e sua cauda que balançava e que chicoteava. Quando se virava para os cantos, os seus olhos selvagens olhavam para cima com uma ameaça terrível. Soube então que ele queria me matar. No entanto, me vi mesmo naquele momento admirando a graça sinuosa da coisa diabólica, seus longos e ondulantes movimentos, o brilho de seus belos flancos, a vívida, palpitante e escarlate língua cintilante que pendia do focinho preto. E em todo o tempo aquele profundo rosnado ameaçador subia e subia em um crescente ininterrupto. Eu sabia que o fim estava próximo.

Era uma hora miserável para encontrar uma morte tão fria, tão desconfortável, tremendo em minhas roupas leves sobre esta grelha de tormento na qual eu estava esticado. Eu tentei me preparar para isso, elevar minha alma, e ao mesmo tempo, com a lucidez que vem a um homem perfeitamente desesperado, ponderei sobre alguns meios possíveis de fuga. Uma coisa estava clara para mim. Se aquela frente da jaula estivesse de volta à sua posição mais uma vez, eu poderia encontrar um refúgio seguro atrás dela. Conseguiria eu puxá-la? Não ousei me mover com medo de trazer a criatura até mim. Lentamente, muito lentamente, coloquei minha mão para frente até que ela agarrou a borda da frente, a barra final que se salientava na parede. Para minha surpresa, foi muito fácil dar um puxão. Claro que a dificuldade de puxar surgia do fato de eu estar agarrado a ela. Puxei de novo, e se aproximou mais oito centímetros. Corria, aparentemente, sobre rodas. Puxei novamente... e o gato pulou!

Foi tão rápido, tão repentino, que não vi acontecer. Eu simplesmente ouvi o rosnado selvagem, e em um instante depois os olhos amarelos ardentes, a cabeça preta achatada com sua língua vermelha e dentes piscando, estavam ao meu alcance. O impacto da criatura balançou as barras em cima de onde eu estava, até que pensei (tanto quanto poderia pensar de qualquer coisa em tal momento) que elas estavam descendo. O gato balançou lá por um instante, a cabeça e as patas dianteiras perigosamente próximas a mim, as patas traseiras tentando encontrar um suporte acima da borda da grade. A respiração da besta me deixou enjoado. Eu ouvi as garras raspando enquanto se seguravam na rede de arame, mas o seu movimento tinha sido mal calculado. Não conseguia manter a sua posição. Lentamente, sorrindo com raiva e arranhando loucamente as barras, ele balançou para trás e caiu pesadamente no chão. Com um rosnado, ele imediatamente se virou para mim e agachou-se para outro salto.

Sabia que os próximos momentos decidiriam meu destino. A criatura tinha aprendido com a experiência. Não calcularia mal outra vez. Eu deveria agir prontamente, sem medo, se quisesse ter uma chance de escapar. Num instante eu tinha formado o meu plano. Tirando meu casaco, o atirei para cima da besta. No mesmo momento, caí sobre a borda, agarrei a extremidade da grade dianteira e a puxei freneticamente para fora da parede.

Saiu mais facilmente do que eu esperava. Corri através do quarto, carregando-a comigo. Mas, enquanto me apressava, percebi que minha posição me pôs sobre o lado exterior. Se tivesse sido ao contrário, eu poderia sair ileso. Houve um momento de pausa enquanto eu a segurava e tentava passar através da abertura que tinha deixado. Aquele momento foi suficiente para dar tempo à criatura para se livrar do casaco com o qual eu a tinha cegado e saltar sobre mim. Eu me arremessei através da abertura e puxei os trilhos para trás de mim, mas ele agarrou minha perna antes que eu pudesse retirá-la completamente. O golpe daquela pata enorme rasgou minha panturrilha como um carpinteiro abre um buraco na madeira. No momento seguinte, sangrando e desmaiando, eu estava deitado entre a palha imunda, com uma linha de barras amigáveis entre mim e a criatura que batia freneticamente contra elas.

Muito ferido para me mover e muito fraco para estar consciente do medo, eu só poderia me deitar, mais morto do que vivo, e assisti-lo. Ele pressionava seu peito largo e preto contra as barras e se inclinava em minha direção com suas patas tortas, como eu vi um gatinho fazer antes a uma ratoeira. Rasgou-me as roupas, mas, por mais que esticasse, não conseguia chegar até mim. Ouvi falar do efeito entorpecente curioso produzido pelas feridas do grande carnívoro, e agora estava destinado a experimentá-lo, pois tinha perdido todo o senso de personalidade e estava tão interessado no fracasso ou sucesso do gato como se fosse algum jogo a que estivesse assistindo. E então, gradualmente, minha mente se afastou em sonhos estranhos e vagos, sempre com aquele rosto preto e língua vermelha voltando para eles, e então me perdi no nirvana do delírio, o alívio abençoado daqueles que são muito duramente provados.

Traçando o curso dos eventos mais tarde, concluo que eu devo ter ficado inconsciente por aproximadamente duas horas. O que me despertou a consciência mais uma vez foi aquele clique metálico afiado que fora o precursor da minha terrível experiência. Foi o tiro de volta da fechadura de mola. Então, antes que meus sentidos estivessem claros o suficiente para apreender inteiramente o que viram, eu estava ciente do redondo rosto benevolente de meu primo espiando pela porta aberta. O que ele viu evidentemente o surpreendeu. Lá estava o gato agachado no chão. Eu estava esticado de costas em minha camisa sem mangas dentro da gaiola, minhas calças rasgadas em fitas e uma grande piscina de sangue ao meu redor. Podia ver seu rosto maravilhado agora, com a luz do sol da manhã sobre ele. Olhou para mim e voltou a espreitar. Então ele fechou a porta atrás dele, e avançou para a gaiola para ver se eu estava realmente morto.

Não posso dizer o que aconteceu. Eu não estava em condições de testemunhar ou relatar tais eventos. Eu só posso dizer que eu estava de repente consciente de que seu rosto estava longe de mim, que ele estava olhando para o animal.

— Bom Tommy! — gritou. — Bom Tommy!

Depois aproximou-se das barras, de costas para mim.

— Quieto, besta estúpida! — ele rosnou. — Quieto! Não reconhece seu mestre?

De repente, mesmo com meu cérebro confuso, uma lembrança veio de suas palavras quando ele tinha dito que o sabor do sangue transformaria o gato em um demônio. O meu sangue tinha feito isso, mas ele é quem pagaria o preço.

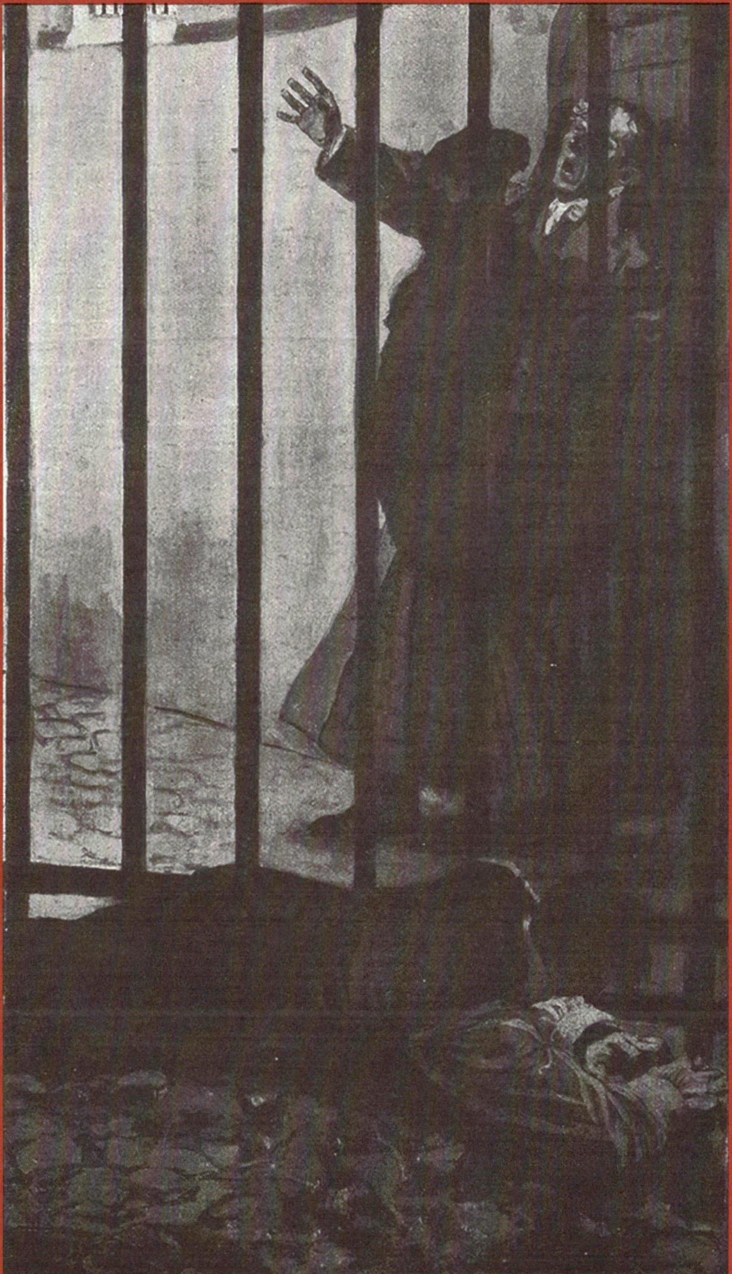

— Vá para longe! — gritava. — Vá para longe, demônio! Baldwin! Baldwin! Oh, meu Deus!

E então, eu o ouvi cair, levantar-se e cair novamente, com um som semelhante ao de rasgar um saco. Os seus gritos diminuíram até se perderem no rosnado assustador. E então, depois de pensar que ele estava morto, vi, como num pesadelo, uma figura cega, esfarrapada e ensanguentada correndo desenfreadamente em volta da sala, e essa foi a última visão que tive dele antes de desmaiar mais uma vez.

Fiquei muitos meses em recuperação. De fato, não posso dizer que já me recuperei, pois até o fim dos meus dias carregarei uma bengala como sinal da minha noite com o gato brasileiro. Baldwin, o cuidador, e os outros servos não puderam dizer o que tinha ocorrido quando, atraídos pelos gritos de morte de seu mestre, me encontraram atrás das grades, e depois os seus restos mortais – ou o que eles depois descobriram ser seus restos mortais –, na garra da criatura que ele tinha criado. Eles o cercaram com ferros quentes, e depois atiraram através da brecha da porta antes que pudessem finalmente me libertar. Fui levado para o meu quarto, e lá, sob o teto do meu suposto assassino, permaneci entre a vida e a morte por várias semanas. Eles tinham chamado um cirurgião de Clipton e uma enfermeira de Londres, e em um mês eu pude ser levado para a estação, e assim transportado de volta mais uma vez para a Mansão Grosvenor.

Tenho uma lembrança dessa doença, que poderia ter sido parte do panorama em constante mudança evocado por um cérebro delirante se não estivesse tão definitivamente fixada em minha memória. Uma noite, quando a enfermeira estava ausente, a porta do meu quarto se abriu, e uma mulher alta no mais forte luto entrou no quarto. Veio até mim, e quando virou seu rosto pálido em minha direção, vi pelo brilho fraco da lâmpada que era a mulher brasileira com quem meu primo tinha se casado. Ela olhou atentamente para o meu rosto, e sua expressão foi a mais gentil que eu já tinha visto.

— Está consciente? — perguntou.

Eu assenti fracamente, pois ainda estava muito debilitado.

— Bem, então, só queria te dizer que a culpa é sua. Eu não fiz tudo o que podia por você? Desde o começo, tentei te tirar da casa. De todos os jeitos, mesmo traindo meu marido, tentei salvá-lo dele. Eu sabia que ele tinha uma razão para te trazer aqui. Sabia que ele jamais deixaria você escapar. Ninguém o conhecia como eu, que sofri com ele por tantas vezes. Não ousei dizer tudo a você. Ele me mataria. Mas fiz o meu melhor por você. Conforme o desenrolar das coisas, você se tornou o melhor amigo que eu poderia ter. Você me libertou, e eu imaginava que nada, se não a morte, faria isso. Sinto muito se você está ferido, mas eu não posso me conter. Te disse que era um tolo, e um tolo você tem sido.

Ela saiu do quarto, esta mulher amarga e singular, e o destino não permitiu que nos víssemos novamente. Com o que restou da propriedade do marido, ela voltou para sua terra natal, e ouvi dizer que depois se estabeleceu em Pernambuco.

Não foi até estar de volta em Londres por algum tempo que os médicos me declararam estar bem o suficiente para fazer negócios. Não foi uma notícia muito bem--vinda para mim, pois temia que fosse o sinal para uma corrida de credores até a minha porta. Mas foi Summers, meu advogado, quem primeiro se aproveitou disso.

— Estou muito contente por ver que Vossa Senhoria está muito melhor — disse ele. — Esperei muito tempo para lhe dar os parabéns.

— O que quer dizer, Summers? Não é hora para brincadeiras.

— Quis dizer o que disse — respondeu. — Você se tornou Lorde Southerton há cerca de seis semanas, mas temíamos que retardaria a sua recuperação se soubesse disso.

Lorde Southerton! Uma das maiores fortunas da Inglaterra! Não conseguia acreditar no que ouvi. E então, de repente, pensei no tempo que tinha passado, e como coincidia com os meus ferimentos.

— Então o Lorde Southerton deve ter morrido na época em que fui ferido?

— Sua morte ocorreu naquele mesmo dia. — Summers olhava para mim enquanto eu falava, e estou convencido de que ele era um sujeito muito astuto, que tinha adivinhado o verdadeiro estado do caso. Ele parou por um momento, como se aguardando uma confissão minha, mas eu não podia ver os benefícios de expor tamanho escândalo familiar.

— Sim, uma coincidência muito curiosa — continuou, com aquele mesmo olhar. — Você sabe, claro, que o seu primo Everard King era o próximo herdeiro das propriedades. Agora, se tivesse sido você em vez dele que tivesse sido despedaçado por aquele tigre, ou o que quer que fosse, então ele seria Lorde Southerton no momento presente.

— Sem dúvidas — disse eu.

— E ele demonstrou um grande interesse nisso — disse Summers. — Eu sei que o criado do falecido Lorde Southerton recebia pagamentos dele, e que ele costumava receber telegramas a cada poucas horas para informá-lo sobre sua saúde. Isso foi na época em que estava no interior. Não é estranho que ele desejasse ser tão bem-informado, considerando que ele sabia que não era o herdeiro direto?

— Muito estranho — confirmei. — E agora, Summers, se você me trouxer minhas contas e um novo livro de cheques, vamos começar a colocar as coisas em ordem.

luxúria

Conto
quatro

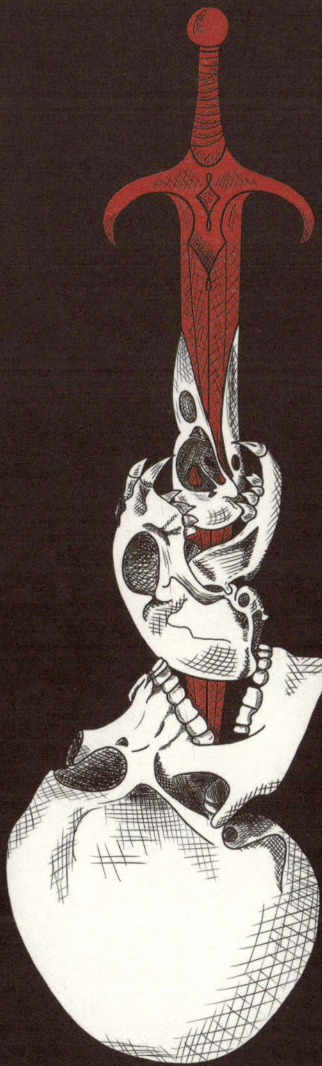

James Bowker, F.R.O.S.

James Bowker, F.R.G.S.I. (1877-1943) foi um notável explorador, geógrafo e escritor britânico, cujas contribuições no campo da geografia e da exploração tiveram um impacto duradouro em sua época e além.

Bowker é reconhecido por sua coragem e determinação na busca pelo desconhecido. Ele se aventurou por terras remotas e inexploradas, mapeando regiões geográficas pouco conhecidas e enfrentando desafios extraordinários. Sua paixão pela exploração o levou a lugares distantes e exóticos, onde ele documentou suas descobertas com riqueza de detalhes.

Um dos aspectos mais notáveis de sua obra é sua habilidade em compartilhar suas experiências de forma cativante. Seus escritos transportam os leitores para as paisagens selvagens e intrigantes que ele explorou, pintando imagens vívidas com palavras. Suas narrativas são um convite para viajar junto com ele em suas jornadas fascinantes.

Bowker também foi membro da Real Sociedade Geográfica e da Sociedade de Exploração de Londres, o que atesta sua excelência e sua contribuição para o avanço da ciência geográfica. Suas pesquisas e explorações serviram como base para futuros estudos e ajudaram a expandir nosso conhecimento sobre o mundo.

Embora talvez não tão amplamente conhecido como alguns de seus contemporâneos, James Bowker F.R.G.S.I. deixa para trás um legado importante na história da exploração e da geografia. Seus escritos continuam a inspirar a próxima geração de aventureiros e amantes da geografia, proporcionando uma janela para um mundo anteriormente inexplorado e misterioso.

O Gato Espectral

Há muito tempo, tanto tempo, na verdade, que a data se perdeu na obscuridade, os devotos habitantes da região densamente arborizada e selvagem que se estendia da costa marítima até Rivington Pike e Hoghton decidiram construir uma igreja em Whittle-le-Woods. Após a seleção de um local apropriado, a primeira pedra foi colocada com toda a cerimônia necessária para um procedimento tão importante e solene como aquele. Com a ajuda tanto dos trabalhadores quanto das contribuições dos fiéis, o bom padre sentia-se muito animado. Ao final do primeiro dia, as fundações haviam sido construídas e as enormes pilhas de materiais haviam sido trazidas para o local, prontas para o futuro. O padre adormeceu, parabenizando-se por ter vivido tempo suficiente para ver o desejo de seu coração ser realizado. No entanto, qual não foi a surpresa quando, ao levantar-se ao romper do dia e correr imediatamente para a janela para contemplar a obra, não conseguiu avistar nem as fundações nem as pilhas de materiais. O campo em que esperava ver o promissor contorno estava verde e apresentava poucos sinais de ter sido remexido, assim como os campos vizinhos.

— Certamente devo ter sonhado — disse o bom homem enquanto permanecia com os olhos tristes na pequena janela. — Não há sinais nem das ofertas nem do trabalho dos piedosos filhos da igreja.

Naquele estado de espírito confuso e com um suspiro pesado, ele tentou dormir novamente. No entanto, não demorou a ser incomodado por fortes batidas na porta de sua residência, juntamente com gritos vigorosos que chamavam por Padre Ambrose. Ele se vestiu apressadamente e desceu para encontrar uma multidão de pessoas reunidas em frente à casa. Assim que ele abriu a porta, um pedreiro exclamou:

— Padre Ambrose, onde estão as fundações que fizemos ontem e onde está a pedra fundamental?

— Então eu simplesmente não sonhei que havia abençoado o local? — perguntou o velho homem inquisitivamente.

A resposta veio com uma explosão de risos, e um jovem robusto perguntou:

— E eu não sonhei que carreguei seis cargas da pedreira?

— Isso tá *cum* cara de ter mão do *Coisa Ruim* — disse um trabalhador —, porque o campo está como *si ninhum* pé tivesse pisado aqui.

O padre e os fiéis partiram imediatamente para inspecionar o local, e de fato estava tudo conforme o pedreiro havia descrito, com botões-de-ouro e prímulas cobrindo toda a extensão verde, apresentando diferentes tons conforme a brisa passava sobre a relva.

— Bem, *tô* totalmente perplexo — disse um fazendeiro idoso. — Já fui *robado* antes, mas geralmente era coisa *poca*, tipo umas galinhas, e não a fundação de uma igreja. O mundo *tá* ficando do mal *memo*. Aposto que nós *vai tê qui ficá* de olho *si num* vai *acontecê* outro dilúvio, tipo a Arca de Noé.

Uma salva de risos seguiu o comentário do fazendeiro, mas o Padre Ambrose, que não estava de humor para brincadeiras, observou severamente:

— Há algo aqui cheirando a obra do Belzebu.

Em seguida, afastou-se tristemente, deixando a pequena multidão de curiosos especulando sobre os eventos da noite anterior.

Antes de o padre chegar em sua residência, no entanto, ouviu seu nome ser chamado por um camponês que corria pela estrada.

— Padre Ambrose — gritou o mensageiro ofegante —, aconteceu uma coisa muito estranha em Leyland. Durante a noite, as fundações de uma igreja e vários materiais de construção foram colocadas em um campo, e Adam, o moleiro, está jurando vingança contra o senhor por ter invadido a propriedade dele.

O padre retornou imediatamente à pequena multidão de pessoas, que ainda observava boquiaberta o campo em que todos os sinais de trabalho haviam sido milagrosamente removidos, e pediu ao mensageiro que repetisse a estranha história, o que ele fez de forma um pouco mais detalhada e loquaz na presença de todos, pois apreciava o olhar de espanto dos companheiros.

Após a surpreendente narrativa dos fatos, a multidão partiu imediatamente para Leyland, com o pastor prometendo segui-los depois de se fortalecer com o café da manhã.

Quando o bom homem chegou ao vilarejo, ele não precisou perguntar qual era o campo do Adam, o moleiro, pois viu a multidão reunida em um pasto de aparência fértil. Ao abrir o portão, Adam aproximou-se e, sem cerimônia, acusou-o de ter tomado posse do campo dele.

— Calma, Adam — disse o padre. — O campo não foi tomado por mim, mas por um poder superior, seja ele do bem ou do mal, porém temo que seja maligno.

E ele seguiu seu caminho em direção às pessoas. De fato, as fundações estavam construídas como em Whittle, e até mesmo a argamassa estava pronta para os pedreiros.

— Reluto em pensar que isso possa ser uma brincadeira triste do Maligno — disse o Padre Ambrose. — Vocês devem me ajudar a enganá-lo, fazendo com que o trabalho dele seja em vão. Que cada um carregue o que puder, e, sem dúvida, sei que Adam ficará feliz em levar o restante.

O robusto moleiro concordou imediatamente com a proposta.

Assim, cada pessoa saiu carregando uma peça de madeira, e Adam partiu com sua equipe. Em pouco tempo, o campo foi limpo e, antes do pôr do sol, as fundações foram novamente colocadas no local original, e uma bela parede foi construída.

Por causa da sabedoria adquirida com a experiência, o padre selecionou dois homens para vigiar o local durante a noite. Naturalmente, esses homens de forma alguma gostaram da tarefa, mas, como tinham medo de recusá-la, decidiram ficar o mais confortáveis possíveis diante das circunstâncias.

Sendo assim, levaram para o local certa quantidade de comida e bebida, além de vários sacos vazios, com os quais construíram uma cama improvisada perto da fogueira crepitante. Apesar da influência sedutora da bebida, ninguém mais fez companhia para eles, pois as poucas pessoas que residiam nas proximidades não queriam ficar ao ar livre até tarde, especialmente depois de o Padre Ambrose ter dito que o ocorrido deveria ter sido uma brincadeira de Satanás. No entanto, o padre veio visitar os homens, e depois de dar-lhes a bênção e algumas palavras de aconselhamento, ele os deixou para enfrentar o que quer que fosse que a noite pudesse trazer. Assim que ele se foi, os vigias ergueram algumas tábuas para protegê-los do vento e, aproximando-se da fogueira aconchegante, começaram a desfrutar de uma refeição simples, mas farta.

Considerando a necessidade de estar com todos os sentidos aguçados, talvez fosse melhor não terem recorrido tão frequentemente a uma garrafa grande, pois, logo após o término da refeição, sob os efeitos da bebida nada fraca, do calor e do aroma exalado pelos troncos estalando, além do murmúrio melódico do vento nas ramagens acima, eles começaram a ficar sonolentos, a resmungar queixas sobre a dificuldade da situação e a olhar com desejo para os vários sacos de dormir.

— Se *arguma* coisa *acontecê* — disse o mais velho —, um consegue ver tão bem quanto dois, e consegue *acordá* o outro, então *tô* pronto *pruma* soneca.

Dizendo isso, jogou-se imediatamente na cama improvisada.

— Bem — disse o mais jovem, que estava empoleirado em um tronco próximo à fogueira —, faça o que *quisé*, mas *vô acordá ocê* logo, logo, e *vô tirá* uma soneca também. Isso é justo, não é?

Não houve resposta, pois o velho homem já estava dormindo. O mais jovem imediatamente pegou a enorme garrafa e, depois de beber um gole generoso, deixou-a ao alcance, dizendo o seguinte:

— Acontece que eu *num tô cum* medo *d'ocê*! Ocê num é Belzebu, é?

Pouco tempo depois, ele inclinou a cabeça sobre as mãos e, olhando para o fogo, entregou-se a um agradável fluxo de reflexões, em que a filha do moleiro desempenhava um papel de importância significativa. Logo em seguida, também começou a cochilar e a balançar a cabeça, e as ideias e as fantasias aglomeradas foram dando lugar a sonhos igualmente encantadores.

O dia estava amanhecendo quando a dupla acordou; o fogo havia se apagado, e os pássaros barulhentos estavam gorjeando sua saudação ao sol. Por um tempo, os vigias se encararam com enorme surpresa.

— *Tô* surpreso *qui ocê* dormiu esse tanto — disse o rapaz jovem. — Acho que *inté* eu cochilei um pouco também.
— E então, virando-se, comentou. — *Oia* só, aconteceu de novo! Jacob, meu velho, as fundações, as pedras e *tudo* o resto *tá* em Leyland novamente!

O campo estava novamente vazio, coberto de grama e flores do prado, e após uma longa conferência, a dupla decidiu que o melhor a fazer seria confessar imediatamente ao Padre Ambrose que haviam dormido. Assim, seguiram o caminho até a casa dele e, depois de conseguir acordá-lo e levá-lo até a porta, o jovem informou que mais uma vez as fundações haviam desaparecido.

— O que as levou? — perguntou o padre.

O velho homem respondeu que eles não viram nada.

— Então vocês dormiram, não é? — perguntou o padre.

— Bem — disse o jovem homem —, nós *tirô* um cochilinho de nada, mas *fiquemo cansado* de observar tão de perto; e *procê* vê, quem consegue *levá* embora as *fundação* de uma igreja não tem muita dificuldade de fazer com que dois *pobre coitado* como Jacob e eu, que sabem quase nada, durmam novamente por causa da vontade dele.

E foi assim que terminou o colóquio, pois Padre Ambrose riu de bom grado diante da resposta pronta. Pouco depois, como no dia anterior, o mensageiro de Leyland chegou com notícias de que as paredes haviam novamente aparecido no campo de Adam. Novamente elas foram levadas de volta e colocadas na posição original, e mais uma vez uma vigília foi estabelecida, com o padre tomando a precaução de permanecer com os homens até perto da meia-noite. Quase imediatamente após deixar o campo, um dos vigias se levantou subitamente e exclamou:

— *Oia* só, tem algo sinistro ali!

Ambos os homens olharam atentamente e viram um enorme gato, com olhos grandes e sobrenaturais e uma cauda com uma ponta em forma de arpão. Sem qualquer dificuldade aparente, o terrível animal pegou uma pedra grande e a carregou, retornando quase imediatamente para pegar outra. A estranha situação continuou por algum tempo, deixando os dois observadores quase petrificados de terror. Mas, finalmente, o mais jovem disse:

— Vou pôr um fim nisso, senão o padre dirá que dormimos novamente.

E segurando um enorme pedaço de madeira, ele se aproximou furtivamente pelo campo, seguido de perto pelo homem mais velho. Quando chegou perto do gato, que não prestava atenção à sua aproximação, ergueu o porrete e deu um golpe pesado na cabeça do animal. Antes que tivesse tempo de repetir o golpe, no entanto, o gato, com um grito agudo, pulou sobre ele e o jogou ao chão, cravando os dentes em sua garganta. O homem mais velho fugiu imediatamente em busca do padre. Quando voltou com ele, o gato, as fundações e os materiais haviam desaparecido; mas o corpo morto do pobre vigia estava lá, com os olhos vidrados, contemplando as estrelas impiedosas.

Após o terrível exemplo do poder do trabalhador diabólico, não foi considerado aconselhável fazer uma terceira remoção, e a construção prosseguiu no local em Leyland, escolhido pelo espectro.

A igreja paroquial atual ocupa o local que durante muito tempo foi ocupado pela construção original; e embora todos os personagens desta história tenham desaparecido há séculos, uma imagem fiel do gato foi preservada e pode ser contemplada pelos céticos.

avareza

Conto
cinco

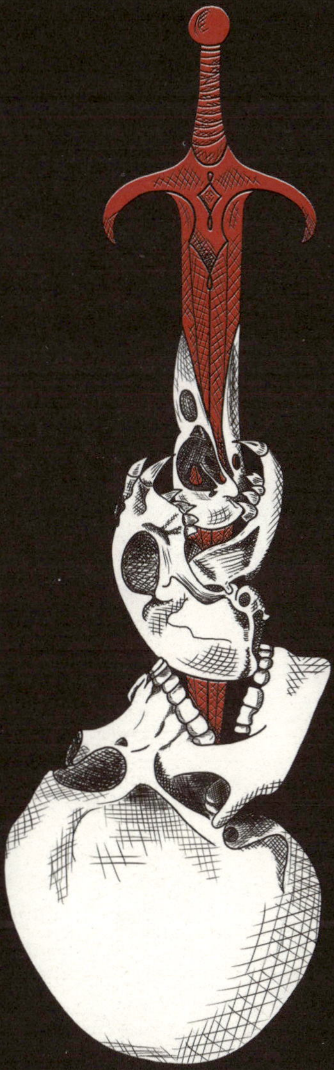

Norman Hinsdale Pitman

Norman Hinsdale Pitman (1858-1917) foi um escritor e poeta canadense, cuja contribuição para a literatura é reconhecida principalmente por seu comprometimento com a criação de obras líricas e emotivas. Embora seu nome possa não ser tão amplamente conhecido como o de alguns de seus contemporâneos, sua poesia é digna de destaque.

Pitman é celebrado por seus poemas que exploram as profundezas da emoção humana e da experiência pessoal. Sua escrita é permeada por temas universais, como o amor, a perda e a introspecção. Em suas obras, ele captura a complexidade dos sentimentos humanos, frequentemente utilizando uma linguagem poética rica e imagens evocativas.

Suas composições se concentram em momentos de reflexão e contemplação, revelando um profundo entendimento da psicologia humana. Embora sua produção literária não tenha alcançado a fama, como a de Edgar Allan Poe, Pitman deixou um legado valioso na tradição poética canadense.

Norman H. Pitman também experimentou as vicissitudes da existência humana, como a busca pela expressão artística genuína e a exploração das complexidades da alma por meio de sua poesia. Seu trabalho perdura como uma contribuição significativa para a literatura e como um reflexo sensível da experiência humana.

O Tigre
que
aquiesce

Nos arredores de uma cidade chinesa vivia um jovem lenhador chamado T'ang e sua mãe idosa, uma mulher de setenta anos. Eles eram muito pobres e tinham uma pequena cabana de pau a pique de apenas um cômodo, que alugavam de um vizinho. Todos os dias, o jovem T'ang acordava cedo e subia a montanha perto de casa. Lá ele passava o dia cortando lenha para vender na cidade mais próxima. À noite, voltava para casa, levava a lenha ao mercado, vendia e assim trazia comida para si e para sua mãe. Apesar de serem pobres, essas duas pessoas eram muito felizes, pois o jovem amava profundamente a mãe, e a velha senhora achava que não havia ninguém como seu filho em todo o mundo. Os amigos, no entanto, sentiam pena deles e diziam:

— Que pena que não temos gafanhotos aqui para que a família T'ang possa ter algum alimento vindo do céu!

Um dia, o jovem T'ang levantou-se antes do amanhecer e partiu para as colinas, carregando o machado no ombro. Ele se despediu da mãe, dizendo que voltaria cedo com uma carga de lenha mais pesada do que a habitual, pois seria feriado no dia seguinte e eles teriam alimentos de boa qualidade. Ao longo de todo o dia, a viúva T'ang esperou pacientemente, repetindo para si mesma enquanto fazia as tarefas simples: "O bom menino, o bom menino, como ele ama sua velha mãe!"

À tarde, ela começou a vigiar o retorno do filho, mas era em vão. O sol estava ficando cada vez mais fundo a oeste e nada do filho voltar. Por fim, a velha senhora ficou assustada e disse:

— Meu pobre filho! — murmurou ela. — Algo aconteceu com ele.

Esforçando os olhos fracos, ela olhou ao longo do caminho da montanha. Nada podia ser visto lá além de um rebanho de ovelhas seguindo o pastor.

— Ai de mim! — lamentou a mulher. — Meu filho! Meu filho!

Ela pegou a bengala que estava em um canto da cabana e mancou até a casa de um vizinho para contar-lhe seu problema e implorar-lhe que fosse procurar o rapaz desaparecido.

O vizinho tinha bom coração e estava disposto a ajudar a velha mãe de T'ang, pois sentia muita pena dela.

— Há muitas feras selvagens nas montanhas e temo que seu filho tenha sido levado por uma delas. — disse ele, balançando a cabeça negativamente enquanto caminhava com ela, pensando em preparar a mulher assustada para o pior.

A viúva T'ang deu um grito de horror e desabou no chão. O amigo subiu lentamente o caminho da montanha, procurando cuidadosamente por sinais de luta. Finalmente, quando já estava pela metade da encosta, deparou-se com um pequeno monte de roupas rasgadas, salpicadas de sangue. O machado do lenhador estava ao lado, assim como a vara que auxiliava a caminhada e uma corda. Não havia engano: depois de travar uma luta corajosa, o pobre jovem havia sido levado por um tigre.

Reunindo as roupas rasgadas, o homem desceu a colina tristemente. Temia ver a pobre mãe e contar-lhe que o único filho realmente havia partido para sempre. No sopé da montanha, ele a encontrou ainda deitada no chão. Quando olhou para cima e viu o que ele estava carregando, ela desmaiou com um grito de desespero. Não precisava que lhe dissessem o que havia acontecido.

Amigos a carregaram para dentro do casebre e lhe deram comida, mas não conseguiam consolá-la.

— Ai de mim! — ela chorava. — De que adianta viver? Ele era meu único filho. Quem cuidará de mim na velhice? Por que os deuses me trataram dessa maneira cruel?

Ela chorou, arrancou os cabelos e bateu no peito, e as pessoas começaram a dizer que ela havia enlouquecido. Quanto mais ela lamentava, mais violenta ela se tornava.

No dia seguinte, no entanto, para surpresa dos vizinhos, ela partiu para a cidade, caminhando lentamente com o auxílio da muleta. Era uma visão lamentável. Ela era uma senhora tão velha, tão fraca e tão solitária. Todos ficaram com pena dela e diziam, apontando para ela:

— Vejam! A pobre velha não tem ninguém para ajudá-la!

Na cidade, ela perguntou o caminho para a assembleia pública. Quando encontrou o local, ajoelhou-se no portão da frente, dizendo em voz alta a narrativa de sua má sorte. Nesse exato momento, o mandarim, ou juiz da cidade, entrou na sala do tribunal para julgar os casos que seriam apresentados. Ele ouviu a velha mulher chorando e lamentando do lado de fora, e ordenou a um dos servos que a deixasse entrar para contar-lhe suas injustiças. E foi exatamente isso o que a Viúva T'ang tinha ido fazer naquele local. Acalmando-se, ela mancou até a grande sala de julgamento.

— Qual é o problema, velha senhora? Por que causa tanto tumulto em frente ao meu *yamen*[1]? Fale rapidamente e conte-me o seu problema.

— Estou velha e fraca — ela começou a explicar —, manca e quase cega. Não tenho dinheiro e nem como ganhá-lo. Não tenho parente algum em todo o império. Dependia do meu único filho para viver. Todos os dias ele subia a montanha, pois era lenhador, e todas as noites ele voltava para casa trazendo dinheiro suficiente para a nossa comida. Mas ontem ele foi e não retornou. Um tigre da montanha o levou e o devorou, e agora, ai de mim! Parece não haver solução, vou morrer de fome. Meu coração sangrando clama por justiça. Entrei nessa assembleia hoje para implorar a vossa excelência que o assassino do meu filho seja punido. Certamente a lei diz que ninguém pode derramar sangue sem dar o próprio sangue em pagamento.

— Mas, mulher, você enlouqueceu? — exclamou o

---

1 Yamen é a residência ou escritório público oficial no império chinês. (N. T.)

mandarim, rindo alto. — Você não disse que foi um tigre que matou seu filho? Como um tigre pode ser levado à justiça? Verdadeiramente, você deve ter perdido o juízo.

As perguntas do juiz foram em vão. A viúva T'ang continuou com seu clamor. Ela não sairia de lá até alcançar seu objetivo. O salão ecoava com o barulho de seus gritos. O mandarim não aguentou mais.

— Acalme-se, mulher! — ele exclamou. — Pare de gritar. Farei o que me pede. Apenas vá para casa e aguarde até que eu a convoque para o tribunal. O assassino de seu filho será capturado e punido.

O juiz, é claro, estava apenas tentando se livrar da mãe ensandecida, pensando que, se ela estivesse fora de sua vista, poderia dar ordens para que não fosse mais admitida na assembleia. No entanto, a velha mulher era mais esperta do que ele. Ela percebeu o plano dele e se tornou mais teimosa do que nunca.

— Não, não posso ir — respondeu — até que eu tenha visto o senhor assinar a ordem para que aquele tigre seja capturado e trazido para este salão de julgamento.

Como o juiz não era realmente um homem mau, ele decidiu atender ao estranho pedido da velha mulher. Virando-se para os assistentes na sala do tribunal, perguntou qual deles estaria disposto a sair em busca do tigre. Um desses homens, chamado Li-neng, estava encostado na parede, meio adormecido. Ele tinha bebido muito e, portanto, não havia ouvido o que estava acontecendo na sala. Um de seus amigos cutucou-o nas costelas assim que o juiz pediu voluntários.

Achando que o juiz o havia chamado pelo nome, ele deu um passo à frente e ajoelhou-se no chão, dizendo:

— Eu, Li-neng, posso ir e fazer a vontade de Vossa Excelência.

— Muito bem, pode ser você — respondeu o juiz. —

Aqui está a sua ordem. Vá em frente e cumpra o seu dever — dizendo isso, entregou o mandado a Li-neng. — Agora, velha senhora, está satisfeita? — indagou o juiz.

— Totalmente satisfeita, Vossa Excelência — ela respondeu.

— Então vá para casa e espere até que eu mande chamá-la.

Murmurando algumas palavras de agradecimento, a mãe infeliz deixou o prédio.

Quando Li-neng saiu da sala do tribunal, seus amigos aglomeraram-se ao seu redor.

— Bêbado! — eles riram. — Você sabe o que fez?

Li-neng balançou a cabeça negativamente e disse:

— Apenas um pequeno serviço para o mandarim, não é? Bem fácil.

— Chame de fácil, se quiser. Que absurdo, homem! Prender um tigre, um tigre devorador de homens, e trazê-lo para a cidade! É melhor você ir se despedir de seu pai e de sua mãe. Eles nunca mais vão vê-lo.

Li-neng dormiu e recuperou-se da embriaguez, e então viu que seus amigos estavam certos. Ele tinha sido muito tolo. Mas certamente o juiz tinha planejado tudo apenas como uma brincadeira! Nunca uma ordem dessas tinha sido escrita! Era óbvio que o juiz tinha inventado aquele plano apenas para se livrar da velha mulher que chorava. Li-neng levou o mandado de volta ao salão de julgamento e disse ao mandarim que o tigre não podia ser encontrado.

Mas o juiz não estava para brincadeiras.

— Não pode ser encontrado? E por quê? Você concordou em prender o tigre. Por que hoje você está tentando fugir da promessa? De maneira alguma posso permitir isso, pois dei minha palavra de satisfazer a velha mulher em seu clamor por justiça.

Li-neng ajoelhou-se e bateu com a cabeça no chão.

— Eu estava bêbado quando fiz minha promessa — disse, chorando. — Não sabia o que o senhor estava pedindo. Posso capturar um homem, mas não um tigre. Não sei nada dessas coisas. Ainda assim, se o senhor desejar, posso ir às colinas e contratar caçadores para me ajudar.

— Muito bem, não importa como irá capturá-lo, desde que o traga ao tribunal. Se você falhar em seu dever, não restará nada a fazer além de surrá-lo até que obtenha sucesso. Dou-lhe cinco dias.

Durante os dias que se seguiram, Li-neng não mediu esforços para encontrar o tigre culpado. Os melhores caçadores do país foram contratados. Noite e dia, eles vasculharam as colinas, escondendo-se em cavernas nas montanhas, observando e esperando, mas não encontraram nada. Tudo aquilo foi muito difícil para Li-neng, pois agora ele temia mais as mãos pesadas do juiz do que as garras do tigre. No quinto dia, teve que relatar ao juiz que havia fracassado. Recebeu uma surra completa, cinquenta golpes nas costas. Mas isso não foi o pior. Durante as próximas seis semanas, por mais que tentasse, não conseguia encontrar vestígios do animal desaparecido. Ao final de cada cinco dias, ele levava outra surra. O pobre rapaz estava desesperado. Mais um mês apanhando daquele jeito o levaria à beira da morte. Isso ele sabia muito bem, e, no entanto, tinha pouca esperança. Os amigos balançavam a cabeça quando o viam e diziam uns aos outros:

— Ele está se aproximando da floresta — o que significava que logo Li-neng estaria em um caixão.

— Por que você não foge do país? — perguntavam a ele. — Siga o exemplo do tigre. Veja, ele escapou completamente. O juiz não faria esforço algum para pegá-lo se você cruzasse a fronteira para a próxima província.

Li-neng balançou a cabeça negativamente ao ouvir tal conselho. Ele não tinha vontade de deixar a família para sempre, e tinha certeza de que seria capturado e condenado à morte se tentasse fugir.

Um dia, depois que todos os caçadores haviam desistido da busca com desgosto e voltado para suas casas no vale, Li-neng entrou em um templo nas montanhas para rezar. As lágrimas escorriam pelo seu rosto enquanto ele se ajoelhava diante do grande ídolo de aparência feroz.

— Ai de mim! Sou um homem morto! — ele lamentou entre as orações —. Um homem morto, pois agora não há esperança. Quem me dera nunca ter tocado em uma gota de vinho!

Naquele momento, ele ouviu um leve ruído aproximando-se. Olhando para cima, viu um enorme tigre parado no portão do templo. Mas Li-neng já não tinha mais medo de tigres. Ele sabia que havia apenas uma maneira de se salvar.

— Ah — disse, olhando diretamente nos olhos do grande felino —, você veio me devorar, não é? Bem, receio que vai achar minha carne um pouco dura, já que fui espancado com quatrocentos golpes durante essas seis semanas. Você é o mesmo sujeito que levou embora o lenhador no mês passado, não é? O lenhador era filho único, o único sustento de uma mãe idosa. Agora essa pobre mulher o denunciou ao mandarim, que, por sua vez, emitiu um mandado de prisão. Fui enviado para encontrá-lo e conduzi-lo a julgamento. Por algum motivo, você agiu como um covarde e se escondeu. Isso foi a causa das minhas surras. Agora, não quero mais sofrer como resultado do assassinato que você cometeu. Você deve vir comigo para a cidade e responder à acusação de matar o lenhador.

 Durante todo o tempo em que Li-neng estava falando, o tigre o escutava atentamente. Quando o homem ficou em silêncio, o animal não fez esforço algum para escapar, pelo contrário, parecia disposto e pronto para ser capturado. Ele inclinou a cabeça para frente e permitiu que Li-neng colocasse uma corrente resistente sobre ela. Depois, seguiu o homem tranquilamente pela montanha e pelas ruas movimentadas da cidade até a sala de audiências. Ao longo do caminho, havia uma grande agitação.

— O tigre assassino de homens foi capturado — gritavam as pessoas. — Ele está sendo levado a julgamento.

A multidão seguiu Li-neng até a sala de justiça. Quando o juiz entrou, todos ficaram quietos como um túmulo. Todos estavam maravilhados com a estranha visão de um tigre sendo chamado perante um juiz.

O grande animal não parecia ter medo daqueles que o observavam tão curiosamente. Ele sentou-se diante do mandarim como um enorme gato. O juiz bateu na mesa como sinal de que tudo estava pronto para o julgamento.

— Tigre — disse ele, virando-se para o prisioneiro —, você comeu o lenhador a quem é acusado de matar?

O tigre aquiesceu gravemente.

— Sim, ele matou meu filho! — gritou a mãe idosa. — Mate-o! Dê a ele a morte que ele merece!

— Uma vida por uma vida é a lei do país! — continuou o juiz, sem prestar atenção à mãe desamparada, mas olhando diretamente nos olhos do acusado. — Você não sabia disso? Você roubou o único filho de uma velha indefesa. Não há parentes para sustentá-la. Ela está clamando por vingança. Você deve ser punido por seu crime. A lei deve ser aplicada. No entanto, não sou um juiz cruel. Se você puder prometer ocupar o lugar do filho dessa viúva e sustentar essa mulher em sua velhice, estou disposto a poupá-lo de uma morte vergonhosa. O que você diz, aceita minha oferta?

As pessoas curiosas esticaram o pescoço para ver o que aconteceria e, mais uma vez, ficaram surpresas ao ver a fera selvagem aquiescer silenciosamente em concordância.

— Muito bem, então, você está

livre para retornar à sua casa na montanha; apenas, é claro, deve lembrar-se de sua promessa.

As correntes foram retiradas do pescoço do tigre e o grande animal caminhou silenciosamente para fora do *yamen*, pela rua e pelo portão que se abria em direção à amada caverna na montanha.

Mais uma vez, a velha mulher estava muito zangada. Ao sair mancando do recinto, ela lançava olhares amargos ao juiz, murmurando repetidamente:

— Quem já ouviu falar de um tigre ocupando o lugar de um filho? Que brincadeira é essa, capturar a fera para depois soltá-la?

No entanto, não havia nada que ela pudesse fazer, exceto retornar para casa, pois o juiz tinha dado ordens rigorosas de que, sob nenhuma circunstância, ela deveria aparecer diante dele novamente.

Quase de coração partido, ela entrou na humilde choupana aos pés da montanha. Os vizinhos balançaram negativamente a cabeça ao vê-la.

— Ela não viverá muito tempo — diziam. — Ela tem o semblante da morte no rosto enrugado. Coitada! Ela não tem motivo para viver e não há como evitar a fome que irá passar.

Mas eles estavam enganados. Na manhã seguinte, quando a velha mulher saiu para respirar ar fresco, encontrou um cervo que havia acabado de ser morto na frente de sua porta. O filho-tigre havia começado a cumprir a promessa, pois dava para ver as marcas das garras no corpo do animal morto. Ela levou a carcaça para dentro de casa e a preparou para vender no mercado. No dia seguinte, não teve dificuldades em vender a carne e a pele por uma quantia considerável de dinheiro nas ruas da cidade. Todos já tinham ouvido falar do primeiro presente do tigre e ninguém quis saber de pechinchar.

Cheia de comida, a mulher voltou feliz para casa, regozijando-se, com dinheiro suficiente para sustentá-la por muitos dias. Uma semana depois, o tigre chegou à sua porta com um rolo de tecido e um pouco de dinheiro na boca. Ele deixou os novos presentes aos pés dela e fugiu sem nem mesmo esperar pelo agradecimento. A Viúva T'ang agora via que o juiz havia agido sabiamente. Ela parou de lamentar a morte do filho e começou a amar o belo animal que havia assumido o lugar dele tão voluntariamente.

O tigre afeiçoou-se muito à mãe adotiva e muitas vezes ronronava contente do lado de fora da porta dela, esperando que ela viesse acariciar-lhe a pelagem macia. Ele não sentia mais o antigo desejo de matar. A visão de sangue já não era tão tentadora como tinha sido em seus dias de juventude. Ano após ano, ele trazia as oferendas semanais para sua dona até que ela estivesse tão bem provida quanto qualquer outra viúva no país.

Por fim, seguindo o curso da natureza, a boa alma faleceu. Amigos bondosos a sepultaram em seu último lugar de descanso aos pés da grande montanha. Havia dinheiro suficiente que ela havia economizado para erguer uma bela lápide, na qual esta história foi escrita exatamente como você a leu aqui. O tigre fiel lamentou por muito tempo a perda de sua amada senhora. Ele se deitava sobre o túmulo dela, lamentando como uma criança que havia perdido a mãe. Por muito tempo, ele escutou a voz que tanto havia amado, por muito tempo buscou nas encostas da montanha, retornando a cada noite à cabana vazia, mas tudo em vão. Aquela a quem ele amava havia partido para sempre.

Uma noite, ele desapareceu da montanha, e desde então ninguém naquela província jamais o viu. Algumas pessoas que conhecem essa história dizem que ele morreu de tristeza em uma caverna secreta que havia usado há muito tempo como esconderijo. Outros acrescentam, dando de ombros sabiamente, que, como Shanwang, ele foi levado ao Paraíso Ocidental para ser recompensado por seus atos de virtude, vivendo como um ser mágico para sempre depois disso.

apatia

Conto seis

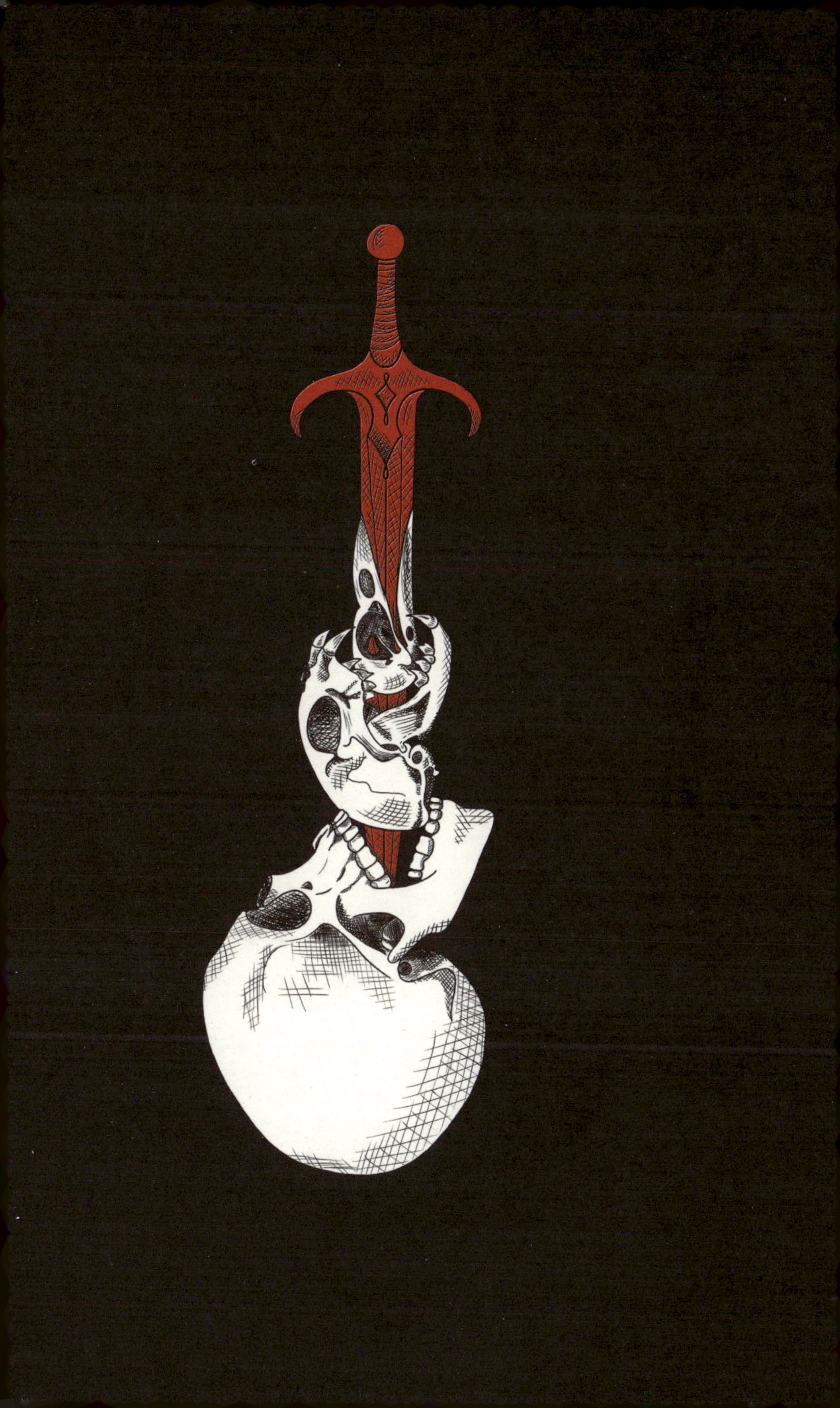

Bram Stoker

Bram Stoker (1847-1912) foi um escritor e autor irlandês, cuja contribuição para a literatura é notavelmente marcada por sua criação do icônico personagem literário, o Conde Drácula. Assim como Edgar Allan Poe, Stoker deixou uma marca indelével no cenário literário, mas com um enfoque diferente e igualmente influente.

Stoker é conhecido por sua habilidade em criar histórias de horror e suspense que transcendem o tempo e o espaço. Sua obra-prima, "Drácula", publicada em 1897, desencadeou uma revolução no gênero de vampiros, introduzindo o mundo a um vilão imortal que se alimenta do sangue humano. Esta obra icônica tornou-se um clássico instantâneo e deu origem a um novo subgênero literário e cinematográfico.

Semelhante a Poe, Stoker explorou temas sombrios e misteriosos em sua narrativa, incluindo o sobrenatural e o terror psicológico. Ele habilmente capturou a atmosfera opressiva e assustadora da Transilvânia e Londres vitoriana em "Drácula", e a obra continua a intrigar e assombrar leitores ao redor do mundo.

Além disso, Stoker também abordou questões complexas relacionadas à sexualidade e à luta do bem contra o mal em sua obra. O vampiro Conde Drácula tornou-se um símbolo duradouro de sedução e perigo, um reflexo das ansiedades sociais e culturais da época.

Enquanto Poe deixou um legado de contos macabros e poesia misteriosa, Bram Stoker é lembrado por ter criado uma das figuras literárias mais icônicas e duradouras da história, moldando o gênero de horror de maneira sem precedentes. Sua influência ecoa através de inúmeras adaptações e continua a inspirar escritores e cineastas que exploram o obscuro e o sobrenatural.

A Índia

Na época, Nurembergue não era tão visitada quanto passou a ser depois. Irving ainda não havia interpretado Fausto, e o próprio nome da antiga cidade era pouco conhecido pela maioria dos turistas. Minha esposa e eu, estando na segunda semana de nossa lua de mel, naturalmente queríamos que alguém mais se juntasse a nós. Então, quando o animado estrangeiro, Elias P. Hutcheson, vindo de Isthmian City, Bleeding Gulch, Maple Tree Country, Nebraska, apareceu na estação de Frankfurt, e casualmente comentou que estava indo ver a cidade mais antiga do que Matusalém e a mais incrível da Europa, e que achava que viajar sozinho era suficiente para levar um cidadão inteligente e ativo à ala melancólica de um hospício, aproveitamos a clara deixa e sugerimos que uníssemos as forças. Descobrimos, ao comparar anotações posteriores, que ambos procurávamos falar com certo desinteresse e até hesitando um pouco para não parecermos muito ansiosos, pois essa não seria uma atitude muito promissora para nossa vida de casados. Contudo, o tiro saiu totalmente pela culatra quando ambos começamos a falar ao mesmo tempo, parando simultaneamente para depois recomeçarmos a falar juntos novamente. De qualquer forma, não importa como, foi o que ocorreu; e Elias P. Hutcheson passou a fazer parte do nosso grupo.

Imediatamente, Amelia e eu consideramos o benefício agradável. Em vez de discutirmos, como vínhamos fazendo, descobrimos que a influência moderadora de uma terceira pessoa passou a ser muito eficaz, pois começamos a aproveitar todas as oportunidades de namorar em cantos escondidos. Amelia declarou que, desde então, como resultado dessa experiência, tem aconselhado todos os amigos a levar uma outra pessoa na lua de mel. Bem, "visitamos" Nurembergue juntos e apreciamos muito os comentários bem-humorados do nosso amigo estrangeiro, que, com um discurso peculiar e um incrível repertório de aventuras, parecia ter saído de um livro.

Combinamos que o Castelo de Burg seria nosso último ponto turístico visitado, e no dia marcado para a visita, passeamos ao longo da muralha externa a leste da cidade.

O Burg fica localizado em um rochedo no alto da cidade e é protegido por um fosso imensamente profundo ao norte. Nurembergue é uma cidade feliz por nunca ter sido saqueada; se tivesse sido, certamente não seria tão perfeita e irrepreensível quanto é hoje. O fosso não é mais utilizado há séculos, e hoje a base dele é ocupada por jardins de chá e pomares com algumas árvores de tamanho respeitável. Ao caminharmos lentamente ao redor da muralha, aproveitando o sol quente de julho, fazíamos algumas pausas para admirar a vista que se apresentava diante de nós, principalmente a grande planície coberta de cidades e vilarejos delimitados por uma linha azul de montanhas, tal qual uma paisagem de Claude Lorrain.[2]

Depois disso, sempre víamos a cidade com novo deleite, com a miríade de velhos e pitorescos frontões e telhados vermelhos de um acre de largura, pontilhados de janelas de sótão, umas sobre as outras. Um pouco à nossa direita erguiam-se as torres do Burg, e mais perto ainda, muito sombria, estava a Torre da Tortura, que era, e talvez ainda o seja, o local mais interessante da cidade. Por séculos, a tradição da Virgem de Ferro de Nuremberg foi transmitida como um exemplo dos horrores da crueldade da qual o homem é capaz; há muito tempo esperávamos vê-la; e finalmente lá estávamos, na casa dela.

Em uma de nossas pausas, nos inclinamos sobre a muralha do fosso e olhamos para baixo. O jardim parecia estar a uns quinze ou vinte metros abaixo de nós, e o sol derramava-se sobre ele com um calor intenso e imóvel como se fosse um forno. Mais para frente, erguia-se a muralha cinzenta e sombria, aparentemente de altura sem fim, perdendo-se à direita e à esquerda nos ângulos de bastião e contraescarpa. Árvores e arbustos coroavam a muralha, e acima, novamente elevavam-se as altas casas em cuja beleza maciça o Tempo só havia posto a mão de aprovação. O sol estava quente e nos sentíamos preguiçosos; tínhamos todo o tempo do mundo, e então resolvemos nos

---

2   Pintor francês da Era Barroca.

apoiar demoradamente na muralha. Logo abaixo de nós, uma grande gata preta deitada esticava-se ao sol, enquanto ao seu redor brincava graciosamente um pequeno gatinho preto. A mãe acenava com a cauda para o filhote brincar, ou levantava as patas e empurrava o pequeno como um incentivo para brincar mais. Eles estavam bem ao pé da muralha, e Elias P. Hutcheson, para ajudar na brincadeira, abaixou-se e pegou uma pedra de tamanho moderado.

— Veja! — ele disse. — Vou deixar cair perto do gatinho, e os dois vão se perguntar de onde veio.

— Ah, tenha cuidado — disse minha esposa —, você pode atingir o pobre filhotinho!

— Claro que não, senhora — disse Elias P. — Sou tão delicado quanto uma cerejeira do Maine. Deus seja louvado, eu não machucaria o pobre bichinho mais do que escalpelaria um bebê. E você pode apostar suas meias nisso! Veja, vou deixá-la cair bem longe para não chegar perto do gatinho!

Dizendo isso, ele se inclinou e estendeu o braço todo, lançando a pedra. Pode ser que haja alguma força que atraia as coisas menores para as maiores; ou é bem provável que a muralha não fosse vertical, mas inclinada para a base, e não era possível ver a inclinação olhando de cima; pois a pedra caiu com um baque nauseante que veio até nós pelo ar quente, e acertou bem a cabeça do gatinho, estilhaçando o pequeno cérebro ali mesmo. A gata preta lançou um rápido olhar para cima, e vimos seus olhos verdes ardendo como fogo, fixos por um instante em Elias P. Hutcheson; e então sua atenção voltou-se para o gatinho, que jazia imóvel com apenas um tremor nos minúsculos membros enquanto um fino fio vermelho escorria pela ferida aberta. Com um grito abafado, que mais parecia com o de um ser humano, ela se curvou sobre o gatinho, lambendo a ferida e gemendo.

Subitamente, ela pareceu perceber que ele estava morto e novamente lançou o olhar em nossa direção. Nunca me esquecerei daquela visão, pois ela parecia a encarnação perfeita do ódio. Os olhos verdes ardiam com um fogo sinistro, e os dentes brancos e afiados pareciam quase brilhar pelo sangue que lhe manchava a boca e os bigodes. Ela rangia os dentes, e as garras estendiam-se por toda a extensão de cada pata. Em seguida, ela atacou a muralha de forma selvagem, como se quisesse nos alcançar, mas ao final do impulso, caiu para trás e sua aparência ficou ainda mais horripilante, pois caiu sobre o filhote e levantou-se com a pelagem preta suja de cérebro e de sangue. Amelia ficou completamente tonta e tive que afastá-la da muralha. Havia um banco próximo à sombra de um plátano frondoso, e a levei para lá enquanto ela se recompunha. Depois, voltei para Hutcheson, que permanecia imóvel, olhando para a gata furiosa lá embaixo.

Ao me aproximar dele, ele me disse:

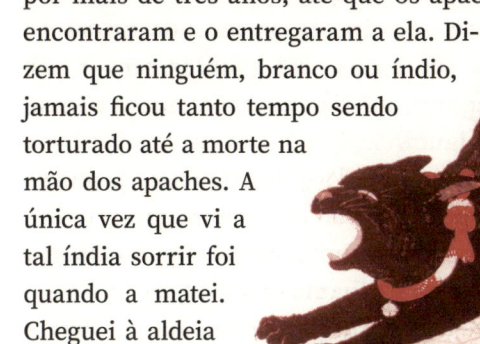

— Nossa, acho que esse é o bicho mais selvagem que já vi. Lembrou-me da ocasião em que uma índia apache perseguiu um mestiço que chamavam de Farpa depois que ele lhe roubou a cria em represália à morte da própria mãe, que havia sido torturada por nativos. Ela tinha essa mesma expressão no olhar. Perseguiu o Farpa por mais de três anos, até que os apaches o encontraram e o entregaram a ela. Dizem que ninguém, branco ou índio, jamais ficou tanto tempo sendo torturado até a morte na mão dos apaches. A única vez que vi a tal índia sorrir foi quando a matei. Cheguei à aldeia a tempo de ver o Farpa dar o último suspiro, e posso dizer-lhe que ele morreu aliviado. Era um rapaz rústico e, embora eu nunca tenha concordado com ele nessa história do roubo da criança, que foi mesmo uma atitude infeliz, vi que acabou pagando caro por aquilo. Deus me livre! Peguei um pedaço de pele que ele havia esfolado e fiz um caderno, que guardo comigo até hoje. Está bem aqui — ao dizer isso, Hutcheson deu um tapa no bolso interno do paletó.

Enquanto ele falava, a gata continuava o esforço frenético de escalar a muralha. Recuava e tornava a avançar correndo, e às vezes alcançando uma altura incrível. Parecia não se importar com o impacto das quedas a cada tentativa e retornava com vigor renovado. A cada tombo, sua aparência parecia ficar ainda mais horrenda. Hutcheson era um homem de bom coração; minha esposa e eu presenciamos diversas pequenas atitudes de bondade dele com animais e pessoas, e ele parecia preocupado com o estado de fúria da pobre gata.

— Parece que a criatura está bem desesperada — disse ele. — Olhe só! Coitadinha, foi um acidente, mas sei que isso não vai trazer de volta o seu filhotinho. Sim, eu sei. Não queria que isso tivesse acontecido por nada nesse mundo. Isso só prova como um homem pode ser um tolo desajeitado quando resolve fazer graça. Parece que tenho a mão furada para brincar com gatos. Diga-me, coronel — ele gostava de brincar, concedendo títulos às pessoas —, será que sua esposa vai guardar rancor por esse fiasco causado por mim? Não queria que isso tivesse acontecido de jeito algum.

Ele se aproximou de Amelia e desculpou-se profusamente. Ela, com seu bom coração de sempre, garantiu-lhe que entendia ter sido mesmo um acidente. Depois, fomos novamente até a muralha e olhamos para baixo.

A gata, ao não ver mais o rosto de Hutcheson, havia

atravessado o fosso e estava agachada como se fosse saltar. Na verdade, no exato instante em que o viu, ela saltou com uma fúria cega e desmedida, que teria sido uma situação grotesca se não fosse assustadoramente real. A gata não tentava mais escalar a muralha, mas arremessava-se na direção de Elias como se o ódio e a fúria pudessem dar--lhe asas para atravessar uma distância tão grande. Amelia, com toda a sua feminilidade, ficou preocupada e disse a Hutcheson em tom de aconselhamento:

— Tome muito cuidado. Essa gata tentaria matá-lo se estivesse aqui. Os olhos dela expressam um desejo assassino.

Ele riu bem-humorado e disse:

— Perdão, madame, mas não pude evitar o riso. Imagine! Um homem que lutou com ursos e índios tomar cuidado para não ser morto por uma gata!

Quando a gata ouviu a risada dele, toda a expressão dela pareceu modificar-se. Não tentou mais saltar nem escalar a muralha. Em vez disso, foi calmamente até o filhote morto, sentou-se ao lado dele e começou a lambê-lo como se estivesse vivo.

— Estão vendo? — eu disse. — Este é o efeito de um homem realmente forte: até um animal em plena fúria reconhece a voz de um mestre, curvando-se diante dele.

— Feito uma índia.

Foi o único comentário de Hutcheson enquanto contornávamos o fosso da cidade.

De vez em quando, olhávamos para o alto da muralha e a gata estava sempre nos seguindo. A princípio, continuava voltando para o filhote morto, mas, quando a distância ficou maior, ela o pegou na boca e assim prosseguiu. Depois de algum tempo, contudo, ela o abandonou, pois a vimos nos seguir sozinha. Talvez tivesse enterrado o corpo em algum lugar. A preocupação de

Amelia aumentou com a persistência da gata e, mais de uma vez, repetiu a advertência. Mas o americano sempre gargalhava divertido, até que, ao perceber que Amelia continuava preocupada, comentou:

— Madame, a senhora não precisa se preocupar com a gata. Estou armado. — Ele estapeou o coldre da pistola nas costas. — Antes que a senhora fique mais preocupada, vou dar um tiro nessa criatura bem aqui e correr o risco de a polícia vir se meter com um cidadão americano, porque é contra a legislação andar armado nesse país.

Enquanto falava, ele olhou para a muralha. A gata, ao vê-lo, recuou com um rugido até um canteiro de flores altas e ali se escondeu. Ele continuou:

— Não é que essa criatura tem mais inteligência que a maioria dos cristãos? Acho que foi a última vez que a vimos. Aposto que ela voltou para o filhote e vai fazer um funeral particular só para ela.

Amelia preferiu não falar mais nada com medo de que ele, com equivocada gentileza, cumprisse a ameaça de atirar na gata. Seguimos em frente e atravessamos a pequena ponte de madeira que dava no portão e lá subimos a íngreme rua de pedras entre o Burg e a Torre da Tortura pentagonal. Ao atravessarmos a ponte, vimos a gata outra vez lá embaixo. Quando ela nos viu, a fúria pareceu retornar, e ela fez esforços frenéticos para escalar a parede. Hutcheson deu risada ao olhar para ela lá embaixo e disse:

— Adeus, garota. Perdão se feri seus sentimentos, mas um dia você vai se recuperar. Adeus.

E então, passamos pelos arcos, longos e sombrios, e chegamos ao portão do Burg.

Quando saímos novamente após termos explorado aquele lugar antigo e belíssimo, que nem mesmo os esforços bem-intencionados dos restauradores góticos de quarenta anos atrás conseguiram estragar, embora a restauração na época se resumisse a deixar tudo excessivamente branco, aparentemente havíamos esquecido por completo o desagradável episódio da manhã. O velho limoeiro com o grandioso tronco retorcido pela passagem de quase nove séculos, o poço profundo escavado no coração da rocha por antigos prisioneiros e a vista encantadora da muralha da cidade, de onde ouvimos, por quase quinze minutos, as múltiplas badaladas, tudo isso ajudou a apagar de nossas mentes o incidente do gatinho morto.

Fomos os únicos visitantes a entrar na Torre da Tortura naquela manhã, ou pelo menos foi o que nos disse o velho zelador. Como tínhamos o lugar inteiro ao nosso dispor, pudemos fazer uma visita mais detalhada e satisfatória do que teria sido possível se as circunstâncias fossem outras. O zelador, vendo-nos como a única fonte de ganho do dia, estava disposto a satisfazer nossos desejos a todo custo. A Torre da Tortura é realmente um lugar sinistro, mesmo hoje, quando é visitada por milhares de turistas que dão vida e alegria a ela. Naquela ocasião, porém, tinha o aspecto ainda mais sinistro e tenebroso. A poeira de séculos parecia incrustada nela e a escuridão e o horror de suas lembranças tornaram-se de tal modo sensíveis de uma forma que agradaria às almas panteístas de Fílon ou Spinoza.[3] A câmara inferior na qual entramos parecia, em seu estado normal, cheia de uma escuridão encarnada. Até a luz quente do sol, que se infiltrava pela porta, parecia perdida na vasta espessura das paredes, revelando somente a rústica alvenaria idêntica à da época em que o andaime do pedreiro tinha sido retirado, mas coberta de poeira e marcada aqui e ali por manchas escuras que, se pudessem falar, relatariam as próprias terríveis lembranças de medo e de dor.

---

3   Fílon e Spinoza eram filósofos panteístas. A filosofia panteísta defende que tudo é Deus, considerando a natureza e o universo divinos.

B.

Ficamos contentes por subir a empoeirada escada de madeira. O zelador havia deixado a porta externa aberta para iluminar um pouco o caminho para nós, pois, aos nossos olhos, o único candelabro fedorento, de pavio longo, pendurado em um gancho na parede, fornecia uma luz inadequada. Quando passamos pelo alçapão do teto, no canto da câmara, Amelia se agarrou tão firmemente a mim que pude sentir até o coração dela bater. Devo dizer que não fiquei surpreso com o medo dela, pois aquele ambiente era mais tenebroso que o anterior.

Ali, certamente havia mais luz, mas apenas o suficiente para perceber a atmosfera horrível do lugar. Os construtores da torre claramente pretendiam que apenas as pessoas que alcançassem o topo tivessem algum prazer com a luz e com a vista. Da mesma forma que tínhamos observado no andar de baixo, havia fileiras de janelas, embora de tamanho medieval, mas em outros lugares da torre havia apenas algumas fendas estreitas, como era habitual em lugares de defesa medieval. Apenas algumas dessas fendas iluminavam a câmara, e elas estavam tão altas que de parte alguma era possível ver o céu pela espessura das paredes.

Nas prateleiras, inclinadas em desordem contra as paredes, havia uma série de espadas de carrasco, grandes armas de empunhadura dupla com lâminas largas e afiadas. Ao lado delas, havia diversos cepos nos quais os pescoços das vítimas eram cortados, e por todos os cantos talhos profundos em que o aço havia sido cravado, atravessando a carne e fincando-se na madeira, podiam ser vistos. Por toda a volta da câmara, dispostos de forma irregular, havia muitos artefatos de tortura que faziam doer o coração só de vê-los; cadeiras cheias de pontas de espinhos que causavam dores instantâneas e excruciantes; poltronas e sofás com botões pontiagudos, cuja tortura parecia menor, mas que, embora mais lenta, era igualmente eficaz;

cavaletes, cintos, botas, luvas, coleiras, todos feitos para comprimir os membros das pessoas que os usassem; baldes de aço em que uma cabeça podia ser lentamente esmagada até virar uma massa, se preciso fosse; ganchos de guarda-noturno com cabos longos e lâminas para vencer qualquer resistência, uma especialidade do antigo sistema de polícia de Nurembergue; e muitos outros artefatos utilizados por homens para ferir outros homens.

Amelia ficou muito pálida com o horror daqueles objetos e por pouco não desmaiou. Por sentir-se um tanto abatida, sentou-se em uma das cadeiras de tortura, levantando-se rapidamente com um grito, o que espantou o desmaio. Ambos fingimos que havia sido a poeira da cadeira e as extremidades enferrujadas dos botões pontiagudos que haviam causado o incômodo. O sr. Hutcheson concordou, aceitando a explicação com uma sincera gargalhada.

O objeto central daquela câmara de horrores, no entanto, era um aparelho conhecido como Virgem de Ferro, que ficava praticamente no centro da sala. Tratava-se de uma figura rudimentar de mulher, algo semelhante a um sino, ou, para uma comparação mais próxima, à figura da esposa de Noé em uma arca feita para crianças, mas sem a cintura fina e as curvas perfeitas dos quadris que marcam o tipo estético da família de Noé.

Dificilmente alguém identificaria aquilo como uma figura humana, a não ser pelo formato da testa, que apresentava uma semelhança grosseira com a do rosto de uma mulher. A máquina tinha uma camada de ferrugem por fora e estava toda coberta de pó; uma corda estava amarrada a uma argola na frente da figura, no local em que deveria ser a cintura da virgem, e passava por uma polia presa a um pilar de madeira que sustentava o piso superior. O zelador, ao puxar a corda, mostrou que a parte da frente tinha dobradiças como as de uma porta. Vimos, então, que o aparelho tinha uma espessura considerável, deixando do lado de dentro apenas o espaço suficiente para uma pessoa. A porta tinha a mesma espessura e um grande peso, pois o zelador precisou de toda a força para abri-la, mesmo sendo auxiliado pelo engenho da polia. O peso devia-se em parte ao fato de a posição das dobradiças na porta ter o evidente propósito de lançá-lo para baixo, a fim de que a porta se fechasse sozinha assim que a corda se soltasse. O interior estava coberto de ferrugem – mas ferrugem que surge com o tempo dificilmente teria penetrado de forma tão profunda naquelas paredes de ferro. Era ferrugem que se formou pelas marcas da crueldade!

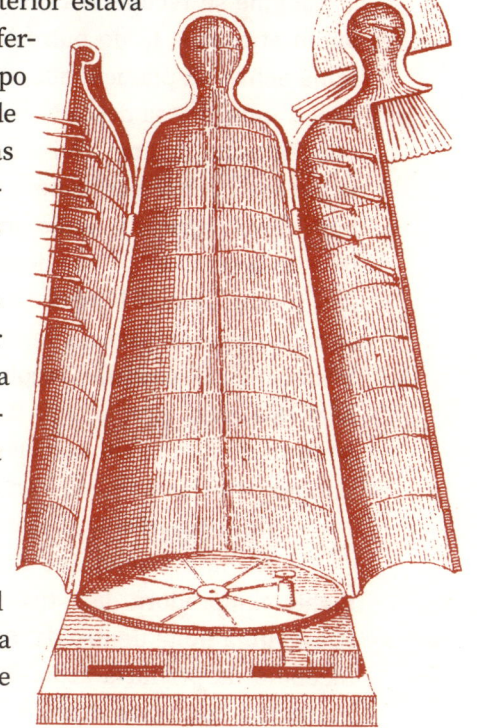

Contudo, apenas quando nos aproximamos para olhar o interior da porta é que a intenção diabólica se manifestou plenamente. Havia diversos espinhos compridos, quadrados, maciços e largos na base e finos nas pontas. Estavam posicionados de tal maneira que, quando a porta se fechava, os espinhos de cima furavam os olhos da vítima, e os de baixo, o coração e outros órgãos vitais. A imagem foi demais para a pobre Amelia, que dessa vez desmaiou de verdade. Precisei carregá-la escada abaixo e deixá-la em um banco do lado de fora até que se recuperasse. O fato de ela ter sentido profundamente aquilo ficaria para sempre marcado na forma de uma indelicada marca de nascença no peito do meu filho mais velho, o que na família dizemos ser uma representação da Virgem de Nurembergue.

Quando voltamos à câmara, encontramos Hutcheson ainda parado diante da Virgem de Ferro, filosofando. Ele nos concedeu o benefício de suas ideias na forma de uma espécie de exórdio.

— Bem, creio ter aprendido uma coisa aqui enquanto a madame se recuperava do desmaio. Parece que estamos muito atrasados lá do outro lado do oceano. A gente costuma achar na planície que os índios são os campeões em deixar uma pessoa desconfortável, mas acho que as pessoas que tentavam manter a lei e a ordem nos tempos medievais merecem ganhar um troféu. O Farpa também era muito bom nesse negócio de índio, mas isso aqui, mocinha, ganha dele de lavada. As pontas desses espinhos ainda estão afiadas, mesmo que as bordas estejam corroídas por ferrugem. Seria bom levar para as reservas indígenas alguns desses brinquedos, só para eles recobrarem o juízo. As índias também poderiam ganhar uma amostra de como a civilização antiga é muito melhor que eles. Acho que só vou entrar um minuto na caixa para ver como é.

— Ah, não, não! — disse Amelia. — Isso é terrível!

— Madame, acho que nada é terrível demais para a mente exploradora. Já estive em lugares bizarros na vida. Passei uma noite dentro de um cavalo morto enquanto um incêndio na pradaria ardia à minha volta no território de Montana. Em outra ocasião, dormi dentro de um búfalo morto quando os comanches quiseram guerrear e não me dei ao trabalho de deixar-lhes meu cartão. Fiquei dois dias dentro de um túnel na mina de ouro de Billy Broncho, no Novo México, e fui um dos quatro soterrados por quase um dia inteiro quando a fundação desabou de um lado ao construirmos a ponte em Buffalo. Nunca fugi de nada e não pretendo começar agora.

Ao perceber que ele estava decidido a experimentar aquilo, eu disse:

— Bem, então é melhor se apressar, meu velho, e acabar logo com isso.

— Tudo bem, general — ele disse —, mas pelos meus cálculos ainda não podemos. Os cavalheiros, meus antecessores, que entravam nessa lata, não ficavam voluntariamente na posição. Creio que devia haver alguma amarração artística antes de darem o grande golpe. Quero entrar nessa coisa à moda antiga, portanto primeiro precisam me amarrar dos pés à cabeça. Imagino que o velho zelador tenha uma corda para me prender certinho, não é mesmo?

A frase foi expressa como uma indagação ao velho zelador, que logo entendeu o que Elias queria dizer; contudo, sem saber apreciar plenamente todas as sutilezas do dialeto e das imagens, balançou a cabeça negativamente. Seu protesto, contudo, foi apenas formal e logo seria superado. O americano pôs uma moeda de ouro na mão dele, dizendo:

— Fique com isso, sócio. É sua parte. Não se apavore. Não está sendo contratado para trabalhar em um enforcamento!

Ele trouxe uma corda velha e fina e passou a amarrar nosso companheiro com firmeza o bastante para aquele propósito. Quando a parte de cima de seu corpo estava amarrada, Hutcheson disse:

— Um momento, meritíssimo. Acho que sou pesado

demais para você me levar até a lata. Deixe que eu entre com meus próprios passos, depois você prende as minhas pernas.

Enquanto falava, foi se encostando na abertura, larga o suficiente apenas para passar o corpo dele. Era, sem dúvida, estreita. Amelia observava com medo no olhar, mas não quis dizer nada. O zelador completou a missão amarrando bem juntos os pés do americano, que agora estava absolutamente indefeso e imobilizado na prisão voluntária. Ele parecia realmente estar gostando daquilo. O esboço de um sorriso habitual no semblante dele floresceu ao dizer:

— Acho que esta Eva aqui foi feita da costela de um anão. Não há espaço para um cidadão adulto dos Estados Unidos se mexer muito. A gente faz caixões mais espaçosos no território de Idaho. Agora, meritíssimo, comece a fechar a porta devagar em cima de mim. Quero sentir o mesmo prazer dos antigos quando esses espinhos vinham em direção aos olhos deles.

— Ah, não! Não! — exclamou Amelia histericamente. — É terrível demais! Não consigo nem olhar! Não posso ver!

O americano, todavia, estava obstinado.

— Olha, coronel — ele disse —, por que você não leva a madame para dar um passeio? Não quero ferir os sentimentos dela por nada neste mundo. Mas, agora que estou aqui, depois de percorrer oito mil milhas, não seria uma pena desperdiçar justamente a experiência que tanto busco e quero? Não é sempre que um homem tem a oportunidade de saber como é ficar como se fosse comida enlatada. Eu e o meritíssimo aqui vamos resolver isso rapidamente, depois vocês voltam e vamos todos rir disso juntos.

Mais uma vez, a determinação vinda da curiosidade triunfou, e Amelia ficou agarrada ao meu braço, trêmula, enquanto o zelador começava a afrouxar lentamente, centímetro por centímetro, a corda que segurava a porta de ferro. O semblante de Hutcheson estava definitivamente radiante enquanto os olhos acompanhavam a aproximação dos espinhos.

— Ora! — disse ele. — Acho que não me divirto assim desde que saí de Nova Iorque. Depois de uma briga com um marinheiro francês em Wapping, que também não foi nada agradável, não tive prazer algum neste continente apodrecido, onde não tem urso, nem índio, nem ninguém anda armado. Devagar com isso, meritíssimo. Não tenha pressa. Quero aproveitar o espetáculo pelo qual já até paguei.

O zelador devia ter um pouco do sangue de seus antecessores naquela torre sinistra, pois operava a máquina com uma lentidão deliberada e excruciante, que, após cinco minutos, quando a porta mal havia se movido alguns centímetros, começou a incomodar Amelia. Os lábios dela empalideceram, senti a mão dela afrouxar no meu braço. Procurei logo um lugar para acomodá-la. Quando olhei de novo para ela, vi que os olhos estavam fixamente voltados para algo ao lado da Virgem. Acompanhando a direção do olhar dela, vi a gata se esconder. Os olhos verdes brilhavam como lampiões na escuridão da sala. A cor era acentuada pelo sangue que ainda manchava o pelo e avermelhava-lhe a boca. Exclamei:

— A gata! Cuidado com a gata!

Nesse mesmo instante, ela saltou diante da máquina e parecia um demônio triunfante. Os olhos faiscavam de ferocidade, o pelo estava tão eriçado que ela parecia duas vezes maior, e o rabo estava agitado como o de um tigre com a caça pela frente. Hutcheson, quando a viu, achou divertido, e os olhos dele brilhavam de excitação ao dizer:

— Não é que a maldita índia apareceu toda manchada? Pode espantá-la se ela tentar seus truques comigo, porque o chefe me amarrou bem aqui. Com mil diabos, não vou conseguir proteger meus olhos se ela quiser arrancá-los. Cuidado, meritíssimo! Não solte essa corda ou estarei perdido!

Naquele momento, Amelia desmaiou de vez. Precisei segurá-la pela cintura ou ela teria caído no chão. Enquanto a acudia, vi a gata preta preparando-se para saltar e corri para espantá-la.

Mas, naquele instante, com uma espécie de urro infernal, ela se atirou não sobre Hutcheson, como imaginávamos, mas sobre o rosto do zelador. Suas garras pareciam rasgar com selvageria, como nos desenhos chineses de dragões rampantes. Enquanto observava, vi uma garra atacar o olho do pobre homem e rasgá-lo da órbita até a face, deixando uma larga faixa vermelha no local em que o sangue parecia brotar de todas as veias.

Com um berro de puro terror, mais rápido ainda do que a chegada da sensação da dor, o homem saltou para trás, soltando a corda que segurava a porta de ferro. Corri para detê-la, mas foi tarde demais, pois a corda correu feito um raio pela polia, fechando-se pesadamente com o próprio peso.

Enquanto a porta se fechava, vi de relance o rosto de meu pobre companheiro. Ele parecia congelado de terror. Os olhos fitavam com horrível angústia, pareciam hipnotizados, e som algum saiu de seus lábios.

E então os espinhos fizeram seu trabalho. Felizmente o fim veio depressa. Quando abri a porta, haviam-no perfurado tão profundamente que atravessaram os ossos do crânio esmagado e nele se prenderam, arrancando-o daquela prisão de ferro. O corpo, amarrado que estava, caiu inteiramente com um baque surdo e doentio no chão. Ao cair, o rosto virou-se para cima.

Voltei correndo para minha esposa, levantei-a do chão e a levei para fora, pois temia que ela despertasse do desmaio e visse aquela cena. Deitei-a no banco do lado de fora e corri de volta para dentro. Encostado ao pilar de madeira estava o zelador, gemendo de dor, pressionando o lenço sujo de sangue contra os olhos. Sentada na cabeça do pobre americano estava a gata, ronronando orgulhosamente, enquanto lambia o sangue que escorria da órbita vazada dos olhos dele.

Creio que pessoa alguma julgará que fui cruel por ter pegado uma antiga espada de carrasco e cortado a gata ao meio ali mesmo.

ira.

Conto
sete

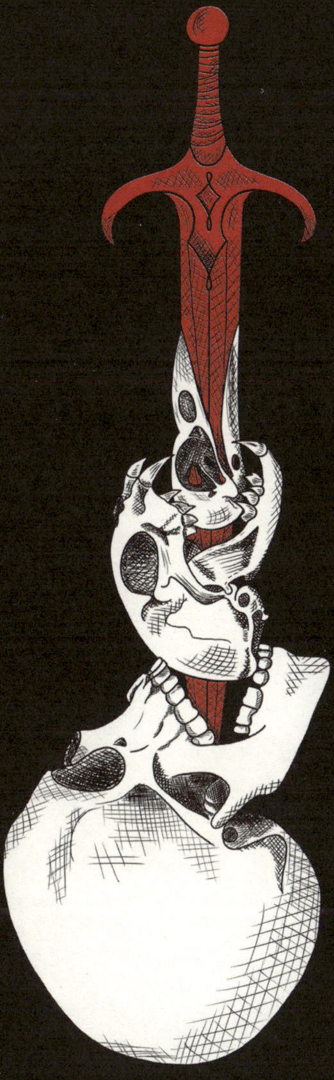

E. F. Benson

Renomado escritor e romancista britânico, E. F. Benson (1867 - 1940), notório por sua habilidade em tecer histórias cativantes que exploram as complexidades da sociedade e da natureza humana na virada do século XX.

Benson ganhou destaque por sua capacidade de criar narrativas envolventes que ilustram a vida e os costumes da sociedade britânica de sua época. Ele se destacou especialmente na comédia de costumes, onde suas histórias frequentemente se desenrolam nas idílicas aldeias do sul da Inglaterra, destacando as peculiaridades e os rituais da classe média-alta vitoriana.

Assim como Edgar Allan Poe, que se aventurou nas profundezas do sobrenatural e do macabro, Benson também explorou aspectos mais sombrios da vida humana em algumas de suas obras. No entanto, o tom geral de suas histórias é muitas vezes mais leve, apresentando uma sátira afiada e um humor sutil para desmascarar as excentricidades e contradições da sociedade da época.

Benson é mais conhecido por sua série de romances "Mapp and Lucia", que narra as rivalidades e intrigas em uma pequena cidade costeira da Inglaterra, e "O Mundo dos Espíritos", uma coleção de histórias de fantasmas que demonstra sua versatilidade como escritor.

Embora E. F. Benson não tenha alcançado o mesmo reconhecimento internacional de Poe, seu trabalho é admirado por sua aguda observação social e sua habilidade de transformar o cotidiano em um terreno fértil para a exploração literária. Sua influência persiste em autores que procuram capturar a essência da sociedade e da comédia de costumes britânicos.

A Gatinha

Foi durante o mês de maio, há cerca de nove anos, que os eventos relacionados à Gatinha se iniciaram. Naquela época, eu morava em uma área muito arborizada de uma cidade do interior e minha sala de jantar, nos fundos da casa, dava para um pequeno jardim cercado por muros de tijolos com cerca de dois metros de altura. Certa manhã, enquanto fazia o desjejum, vi uma enorme gata de cor preta e branca, com um semblante bem expressivo, porém sério. Ela me observava atentamente. Naquele momento, minha casa passava por uma situação de interregno[4] e estava sem governanta (na forma de um gato), e imediatamente pensei que estava sendo entrevistado por aquela estranha grandalhona agradável, que me analisava com a intenção de ver se eu serviria para ela. Então, como não há nada que uma futura governanta goste menos do que familiaridade prematura por parte do

---

4   Interregno ou Interregnum, situação em que um país fica temporariamente sem rei ou rainha ou um Estado fica sem governante.

proprietário que ela possa estar pensando em contratar, não dei atenção direta à gata, e continuei tomando meu café da manhã de forma cuidadosa e organizada. Após uma breve inspeção, a gata retirou-se silenciosamente, sem olhar para trás; e supus ter sido dispensado, ou que ela havia decidido, afinal, continuar sendo a governanta da casa atual.

Contudo, estava totalmente enganado em minha teoria: a gata apenas tinha ido embora para pensar no assunto, e, na manhã seguinte, e por várias manhãs depois, fui submetido à mesma avaliação constrangedora, porém não hostil. Depois disso, ela deu uma volta pelo jardim para ver se havia canteiros que serviriam para emboscadas e algumas árvores convenientes para subir, caso ocorressem emergências. No quarto dia, pelo que me lembro, cometi um erro: na metade do café da manhã, saí para o jardim na tentativa de criar uma relação mais familiar. A gata observou-me por um tempo com surpresa dolorida e foi embora. No entanto, depois que entrei novamente, ela decidiu relevar, voltando ao lugar anterior para continuar a observação. Na manhã seguinte, ela tomou a decisão: pulou do muro, atravessou a grama, entrou na sala de jantar e, ajeitando-se rapidamente em uma das patas traseiras, erguida no ar como um mastro de bandeira, começou a fazer a toalete matinal. Isso, como eu muito bem sabia, significava que ela achava que eu serviria para ela e, portanto, fui autorizado a assumir meus deveres imediatamente. Dessa forma, coloquei um prato de leite para ela, que educadamente aceitou, e depois sentou-se perto da porta, dizendo: "A-a-a-a", para mostrar que desejava que ela fosse aberta e ela pudesse inspecionar o restante da casa. Então, abri a porta e disse em voz alta em direção à cozinha:

— Chegou uma gata e creio que ela pretende ficar conosco. Não a incomodem.

E foi assim que a verdadeira Gatinha, embora eu não soubesse disso naquele exato momento, entrou na casa.

Contudo, devo fazer aqui uma breve defesa da minha parte em relação a essa situação. Eu poderia, por um julgamento precipitado, ser considerado alguém que roubou aquela que logo passaria a ser a mamãe da Gatinha, mas qualquer pessoa que tenha um conhecimento real sobre gatos estará ciente de que não fiz nada disso. A mamãe da Gatinha estava claramente insatisfeita com o último lar e, sem a menor dúvida, tinha decidido deixá-lo para assumir um novo grupo de servos; e, se um gato decide algo, nenhum poder na Terra, exceto a morte, ou o confinamento permanente em um quarto em que nem portas nem janelas são abertas, o impedirá de seguir com a decisão planejada. Se seu último (desconhecido) lar a tivesse matado, ou a mantido permanentemente presa, é claro que ela não poderia contratar novas pessoas, mas, exceto por isso, não havia nada que pudessem ter feito para mantê-la por lá. Você pode enganar ou intimidar um cachorro para fazer o que deseja, mas nenhum tipo de persuasão fará um gato desviar um milímetro sequer do curso que planeja seguir. Se eu a tivesse expulsado, ela teria ido para outra casa, mas nunca teria voltado para a anterior. Pois, embora possamos ser donos de cachorros, cavalos e outros animais, é um grande equívoco pensar que podemos possuir um gato. Os gatos nos utilizam, e, se os satisfizermos, eles podem até chegar ao ponto de nos adotar. Além disso, a mamãe da Gatinha não tinha, como se constatou, a intenção de ficar comigo para sempre: ela só queria um lugar tranquilo para ficar por um tempo.

Então, nossa nova governanta desceu discretamente e inspecionou a cozinha, a copa e a despensa. Ela passou um bom tempo na despensa e parecia estar um pouco incerta, mas gostou muito do novo fogão a gás na cozinha e até queimou a cauda nele, já que ninguém tinha lhe avisado que o almoço estava sendo preparado. Um pouco depois, ela encontrou um buraco de rato abaixo do lambril, o que pareceu ter contribuído para sua decisão final (pois, como descobrimos logo em seguida, ela gostava de trabalhar). Assim, ela trotou novamente para o andar superior e sentou-se do lado de fora da porta da sala de estar até que alguém a abrisse para ela. Por acaso, eu estava lá dentro com Jill, uma jovem da raça fox-terrier, e, é claro, não sabia que a mamãe da Gatinha estava esperando. Finalmente, saí e a vi sentada lá. Jill também a viu e correu animadamente até ela, apenas para conversar, não para brigar, pois Jill gosta de gatos. Mas a mamãe da Gatinha não sabia disso, então, apenas por precaução, deu dois tapinhas em Jill, primeiro de um lado da cabeça e depois do outro. Ela não estava zangada, apenas firme e decidida, e queria deixar claro desde o início qual era sua posição. Depois de fazer isso, permitiu que Jill se explicasse, e a cadela movimentou a curta cauda, exibindo uma atitude provocativa e brincalhona. Em poucos minutos, a mamãe da Gatinha passou a ser gentil o suficiente e brincou com ela. Em seguida, lembrou-se subitamente que não tinha visto o restante da casa e subiu as escadas, permanecendo por lá até a hora do almoço.

Foi a forma como ela passou a primeira manhã que fez com que eu entendesse o caráter da mamãe da Gatinha, e imediatamente decidimos que o nome dela deveria sempre ter sido Martha.[5] Ela havia se apossado da nossa casa, é verdade, mas não demonstrou atitude agressiva ou avarenta. Simplesmente porque, do seu posto no muro do jardim, ela percebeu que precisávamos de alguém que cuidasse de nós e administrasse a nossa casa, pois não conseguia evitar ser sempre maravilhosa em relação a todas as coisas relacionadas às tarefas de uma governanta. Todas as manhãs, quando se ouvia o andar da faxineira na escada durante o café da manhã (ela caminhava de forma bem audível), Martha, mesmo se estivesse comendo peixe ou tomando leite, corria até a porta, dizia "A-a-a-a" até que ela fosse aberta para conseguir segui-la, sentando-se em todos os cômodos, um de cada vez, para garantir que os penicos fossem esvaziados corretamente e as camas bem arrumadas. No meio dessa supervisão, às vezes surgiam outras demandas, o sino da porta da frente tocava e Martha tinha que descer correndo para garantir que a porta fosse aberta corretamente. Mas então, podia ser que ela visse alguém cavando o jardim, o que a forçava a sair bem naquela hora mais movimentada da manhã para tocar a terra revirada, a fim de se certificar de que estava fresca. Em particular, lembro-me do dia em que o papel de parede da sala de jantar foi trocado. Ela teve que subir na escadinha para verificar se era segura, sentando-se no topo para se limpar ao final da inspeção. Em seguida, cada rolo de papel tinha que ser julgado pelo cheiro, e a cola tinha que ser tocada com a ponta da língua rosada. A ação causou um espirro (creio que esse deve ser o teste correto no que se diz respeito à cola), e ela então permitiu o uso. Naquele dia, almoçamos na sala de estar, e é fácil imaginar como Martha ficou ocupada,

---

5 Martha é uma personagem bíblica retratada como uma mulher trabalhadora, diligente e preocupada com as tarefas domésticas.

pois o procedimento era muito irregular, e ela não conseguia prever o que iria acontecer. As refeições sempre eram movimentadas: ela tinha que andar na frente de cada prato trazido, precedendo-os quando retirados. Contudo, naquele dia, essas tarefas estavam ainda mais complicadas pela necessidade de Martha de voltar constantemente à verdadeira sala de jantar e garantir que os instaladores de papel de parede não estivessem ociosos. Para tornar a correria mais avassaladora, Jill estava no jardim querendo brincar (e brincar com Jill era uma das tarefas de Martha) e algumas mudas de malvas estavam sendo plantadas, algumas das quais, por razões misteriosas, precisavam ser desenterradas com fortes chutes para trás com as patas traseiras.

Ela havia decidido que só poderia haver um gato em nossa casa, que era, é claro, ela mesma. Ocasionalmente, cabeças estranhas aproximavam-se por cima do muro, e os gritos de desconhecidos soavam. Sempre que isso acontecia, independentemente do trabalho doméstico que precisasse ser feito, Martha saía da casa, saltando para o jardim para expulsar e, se possível, matar, o intruso. Certa vez, da janela do meu quarto, testemunhei um incidente terrível. Martha estava sentada, comportada como um anjo, entre escovas de cabelo e cortadores de unha, ensinando-me como fazer a barba, quando um felino fez um movimento no jardim que chamou sua atenção. Sem esperar a porta ser aberta, ela deu um salto pela janela em direção à macieira e desceu pelo tronco como um raio que atinge e rasga o caminho até o chão. No instante seguinte, a vi com a pata erguida, arrancando tufos de pelo do gato malhado do vizinho. Ela parecia um daqueles seres chineses grotescos e fantásticos; metade gata, metade demônio, e totalmente guerreira. Gritos agudos cortavam o ar tranquilo da manhã, e Martha, intoxicada pela vingança, permitiu que o gato machucado escapasse. Então, com uma expressão terrível e um olhar ébrio, ela comeu os tufos de pelo ensanguentados, rolando-os na língua e engolindo-os com evidente dificuldade, como se estivesse realizando algum terrível ritual canibalístico antigo. E tudo isso foi causado por uma dama que em breve entraria em uma situação de confinamento. Mas era inútil tentar acalmar Martha.

Foi necessário realizar uma segunda inspeção minuciosa na casa antes que ela decidisse qual seria a sala de parto. Ela tinha passado muito tempo na despensa naquela manhã, e esperávamos que aquele fosse o local eleito. Depois, passou muito tempo no banheiro, e esperávamos que ela não escolhesse aquele local. Finalmente, optou pela despensa, e quando ela tomou a decisão final, a deixamos confortável. Na manhã seguinte, havia três pequenas criaturas cegas e sarapintadas por lá. Ela comeu uma delas, sem motivo aparente, exceto pelo fato de estar com medo de que Jill a quisesse. Então, como o filhote era dela, e não de Jill, ela o comeu. Com todo o respeito por Martha, acredito que, nesse caso, ela tenha se enganado em sua vocação. Ela nunca deveria ter se dedicado à maternidade. Ela deitou-se sobre o segundo filhote produzindo resultados fatais. Em seguida, estando completamente desgostosa com a maternidade, partiu e nunca mais foi vista, abandonando o único filhote que não havia matado. Nós, que tínhamos nos esforçado tanto para agradá-la, também fomos abandonados; e na cesta, restava, ainda cega, ainda incerta se valia a pena viver, a verdadeira Gatinha.

Gatinha era filha da própria mãe desde o início, embora com muitos detalhes adicionais. Ela não perdeu tempo nem energia lamentando a condição de órfã, mas consumiu quantidades surpreendentes de leite que eram administradas com o auxílio de uma pena. Seus olhos se abriram, como deveriam, no sétimo dia, e ela sorriu para todos nós e cuspiu em Jill. Então, Jill lambeu o nariz da filhote com cuidado e ansiedade, dizendo claramente: "Quando você estiver um pouco mais velha, estarei sempre pronta para fazer o que você quiser." Jill diz a mesma coisa para todo mundo, exceto para o lixeiro.

Pouco depois, a Gatinha se levantou de sua cama de nascimento e cambaleou pela despensa. Mesmo essa primeira expedição com os próprios pés não foi feita sem propósito, pois, apesar de quedas frequentes, ela seguiu diretamente para um pendente e, depois de observá-lo por um longo tempo, testou-o com a patinha para ter certeza de que funcionava, mostrando assim, mesmo mal saída do berço, o propósito sério que a marcou ao longo de sua querida vida. Seu lema era "Faça o seu trabalho", e como ela permaneceu solteira, apesar de inúmeras propostas muito elegíveis, acredito que sua mãe desnaturada deve ter causado uma grande impressão nela naqueles poucos dias antes de abandoná-la, mostrando-lhe que o primeiro dever de um gato é cuidar da casa, e que ela mesma não deveria pensar muito na maternidade. A Gatinha também herdou, suponho, a convicção firme de que deveria ter sido, mesmo que não fosse, a única gata do mundo, e ela não permitia que ninguém da própria espécie chegasse perto da casa ou do jardim. Algumas de suas tarefas, embora sempre realizadas com consciência, pareciam entediá-la um pouco, mas certamente expulsar os gatos que tentavam se aproximar da casa causava-lhe uma sensação de prazer extraordinária. Com a aparição de qualquer membro da própria espécie, ela se escondia rapidamente em emboscada, movendo a cauda de forma nervosa e sacudindo as omoplatas, provocando e torturando a si mesma ao adiar o avanço furtivo e extasiante pela grama se a presa estivesse olhando para o outro lado; ou furiosamente arremessava a si mesma pelo ar se um ataque frontal tivesse que ser feito. Eu sempre me perguntava como ela não denunciava a emboscada pelo arrebatamento e pela sonoridade de seu ronronar à medida que o momento supremo se aproximava.

Receio dizer que Jill causava muita preocupação à Gatinha em relação ao dever de expulsar estranhos, pois a cachorra preferia brincar com um estranho do que expulsá-lo, e seu plano era saltitar em direção ao intruso com uma recepção equivocada. É verdade que o efeito era o mesmo, pois um gato invasor, ao ver um fox-terrier alerta aproximando-se rapidamente, raramente, ou nunca, parava de brincar, de modo que o método de Jill também era bastante eficaz. Mas a Gatinha tinha um propósito moral elevado: ela queria não apenas expulsar, mas também apavorar e ferir, e, como muitos moralistas de nossa própria espécie, ela realmente desfrutava imensamente das fulminações e dos ataques. Gostava de punir outros gatos porque ela estava certa e eles estavam errados, e mordidas e chutes vigorosos poderiam ajudá-los talvez a entender isso.

Mas, embora a Gatinha se assemelhasse à mãe em relação ao senso de dever elevado e às qualidades morais, ela possuía o que faltava a Martha: aquele atrativo indefinível que chamamos de charme, além de um grande coração. Estava sempre contente e afetuosa, e realizava as tarefas esboçando algo que era o mais próximo possível de um sorriso para uma espécie tão séria de animal. Por exemplo, Martha brincava com Jill como parte de seu dever, a Gatinha transformava isso em um prazer e brincava com a alegria extasiante de uma criança. Na verdade, eu já a vi atrasar o jantar em um quarto de hora porque estava no adorável canteiro de grama alta no final do jardim, preparando-se para dar em Jill um susto terrível. O evento do jardim merece menção especial, não por ser considerado algo tão notável, mas porque representou um momento maravilhoso para a Gatinha.

O canteiro em questão era um espaço de cerca de doze metros em que os narcisos cresciam devido a abundância da luz solar e as fritilárias pendiam os sinos pintados. Também havia peônias plantadas na grama, uma roseira e uma macieira; nada tão notável. Mas, como já mencionei, o local era repleto de possibilidades incríveis para a imaginação aguçada da Gatinha. No final desse canteiro de plantas selvagens, começava o gramado, e um dos planos da Gatinha era se esconder na borda, agachando-se até se parecer com a sombra de outra coisa. Se a sorte estivesse a seu favor, Jill, mais cedo ou mais tarde, na busca de cheiros interessantes, passaria perto da borda do canteiro sem vê-la. No momento em que Jill passasse, a Gatinha esticaria uma pata discreta e apenas tocaria o traseiro de Jill, que, obviamente iria se virar para ver o que esse acontecimento inexplicável significava, e, nesse momento, a Gatinha se lançaria no ar e pularia nas costas de Jill como um tigre. Era assim que a brincadeira começava, com mais variabilidades do que uma partida de golfe. Havia emboscadas e correrias sem fim, ataques vindos da macieira e por trás do nivelador do jardim, seguidos de períodos de absoluta quietude, subitamente e freneticamente interrompidos por movimentos rápidos dos flancos por entre as pimentas-de-cheiro. O final seria sempre marcado pela falta de fôlego e de força, com Jill se deitando ofegante, e a Gatinha, tendo adiado o jantar, começaria a se limpar para dar prosseguimento às tarefas noturnas. Ela tinha que estar elegante na hora do jantar, quer estivéssemos jantando sozinhos, quer houvesse um jantar festivo, pois ela jamais seria uma gata que usaria um robe de chá. Ela, de fato, se arrumava para o jantar, mesmo que fôssemos jantar fora. Isso não era responsabilidade dela; a responsabilidade dela era estar bem-arrumada.

A Gatinha, sem dúvida, era bastante comum quando filhote; mas, contudo, como muitas crianças de nossa própria raça inferior, ela cresceu para se tornar uma gata muito bonita. Ela não era colorida, mas apresentava um tom preto e branco puro e de grande elegância. Atravessando as costas largas e fortes, havia uma mancha preta, mas a mancha, por assim dizer, havia girado para formar uma faixa preta do lado esquerdo. Também havia uma mancha preta arbitrária na bochecha esquerda, outra no meio da cauda e uma bem na pontinha. Não fossem as manchas, ela seria puramente branca, exceto quando estendia a língua rosada abaixo dos longos bigodes esbranquiçados. Contudo, seu charme e a característica marcante da Gatinha não tinham nada a ver com a coloração fascinante. Martha, por exemplo, contentava-se com os pratos sendo trazidos e retirados da sala de jantar. Isso e nada mais representava sua noção de deveres em relação ao jantar. Mas a Gatinha realmente começava onde Martha terminava. Assim como a mãe, ela vinha à frente, anunciando a sopa, mas quando as pessoas presentes haviam recebido sua porção, ela se aproximava de cada convidado e ronronava alto, felicitando-os e esperando que eles apreciassem o gesto. Para esse processo, que se repetia a cada novo prato, ela caminhava de forma específica, levantando as patas e pisando nas pontas dos dedos. Essa marcha congratulatória era puramente altruística: ela não queria sopa para si mesma; apenas ficava feliz que outras pessoas a consumissem. Então, quando as aves e o peixe eram servidos, ela fazia a mesma visita congratulatória, para em seguida se sentar de forma incisiva como que dizendo que também gostaria de um pouco. Ocasionalmente, ela favorecia algum convidado em particular com atenção especial e às vezes quase se esquecia dos seus deveres como governanta da casa, preferindo sentar-se ao lado do protegido e ronronar alto, de modo que um prato já estaria meio comido antes que ela fosse dar a volta para ver se todos estavam satisfeitos com sua porção. Finalmente, quando o café era servido, ela descia para a cozinha e encerrava a noite de trabalho, geralmente compartilhando a caminha de Jill, onde se deitavam juntas como um amontoado macio de respiração lenta, preto e branco.

A Gatinha, assim como os antigos gregos, nunca ficou doente nem triste; nunca ficou doente por causa da saúde robusta e vigorosa e nunca ficou triste porque jamais fez nada que se arrependesse. Ao conviver apenas com Jill e nunca ter desfrutado da presença diária de um gato, exceto pelas curtas e dolorosas entrevistas que antecediam a expulsão do jardim, ela desenvolveu algo do afeto altruísta de um cachorro, e quando eu voltava para casa após um período de ausência, ela corria para a rua para me encontrar. Estava sempre com o rabo ereto e realmente não prestava atenção ao desembarque das bagagens, ficando focada em dar-me as boas-vindas. Oito anos movimentados e felizes foram vividos dessa forma, e então, em uma amarga manhã de fevereiro, a Gatinha desapareceu.

As semanas foram passando, e ainda não havia sinal algum dela, e quando o inverno chegou com o mês de maio, perdi todas as esperanças de retorno e adotei um novo gato, desta vez um jovem Persa azul com olhos cor de topázio. Mais um mês se passou, e Agag (assim chamado por seu caminhar delicado) havia conquistado nosso afeto por causa de sua beleza extraordinária, mais do que por qualquer encanto de caráter, quando o segundo ato da tragédia se iniciou.

 Certa manhã, enquanto fazia o desjejum com a porta para o jardim aberta, e Agag estava enrolado em uma cadeira na janela (pois, ao contrário de Gatinha e de Martha, ele não fazia nenhum trabalho doméstico, sendo de linhagem orgulhosa e aristocrática), vi atravessando lentamente o gramado uma gata que mal reconheci. Estava magra ao ponto da emaciação, a pelagem estava desalinhada e suja, mas era a Gatinha que voltava para casa. Então, de repente, ela me viu e, com um pequeno grito de alegria, correu em direção à porta aberta. Em seguida, ela viu Agag e, fraca e magra como estava, acordou imediatamente para o antigo senso de dever e pulou para a cadeira dele. Nunca em sua época um gato havia entrado na casa, e ela estava decidida a não deixar que uma coisa dessas ocorresse novamente. Pela sala e para o jardim se estendeu a batalha antes que eu pudesse separá-los. A Gatinha estava inspirada pelo senso de dever, Agag furioso e surpreso com o ataque de um mero gato de beco em sua própria casa. Por fim, consegui segurar a Gatinha e a peguei no colo, enquanto Agag praguejava e xingava em uma indignação justificável. Pois como ele poderia saber que aquela era a Gatinha?

Eles nunca mais brigaram, mas foi uma quinzena miserável que se seguiu, e toda a miséria recaiu sobre a pobre Gatinha. Agag, apesar da beleza, não tinha coração e não se importava quantos gatos eu mantivesse na casa, desde que eles não o molestassem nem usurpassem sua comida ou sua almofada. Mas a Gatinha, embora entendesse que por alguma razão inescrutável ela tinha que dividir a casa com Agag e não lutar contra ele, era uma criatura de afetos fortes, e a pobre alma estava dilacerada por agonias de ciúme. É verdade que Jill, sempre tratada com desdém inconsciente por Agag, certamente ficou feliz em ver a amiga novamente e não a tinha esquecido; mas a Gatinha queria muito mais do que Jill poderia lhe dar. Ela retomou às antigas tarefas imediatamente, mas muitas vezes, quando acompanhava o peixe até a sala de jantar e encontrava Agag dormindo na cadeira, simplesmente não conseguia prosseguir e sentava-se em um canto sozinha, olhando miseravelmente para mim como se não compreendesse nada sobre a situação. Então, talvez o cheiro de peixe acordasse Agag, e ele se esticava e ficava por um momento com as costas elegantemente arqueadas na cadeira antes de descer e, com um ronronar alto, esfregava-se contra as pernas da minha cadeira para mostrar o desejo por comida, ou até mesmo pulava no meu colo. Isso era o pior de tudo para a Gatinha, e muitas vezes ela ficava o jantar inteiro sentada no canto remoto, recusando comida e incapaz de tirar os olhos do objeto de ciúme. Enquanto Agag estivesse presente, nenhuma quantidade de carinhos ou atenção oferecida a ela a consolava, então, quando Agag terminava de comer, geralmente o expulsávamos do local. Por um breve momento, a Gatinha sentia-se aliviada pelo fato de o abutre desafiador não estar mais presente; ela voltava a fazer as rondas para verificar se todos estavam satisfeitos e acompanhava a entrada de novos pratos com passos altos e a cauda ereta.

Nossa esperança, talvez por sermos tolos, era que com o tempo os dois acabassem se tornando amigos; caso contrário, acredito que imediatamente teria procurado outro lar para Agag. Mas, na verdade, fizemos tudo o que podíamos, esbanjando atenções para a querida Gatinha e tentando fazê-la sentir (o que era verdade) que todos a amávamos, e apenas gostávamos e admirávamos Agag. No entanto, enquanto ainda tínhamos esperança, a situação foi demais para a Gatinha, que acabou desaparecendo novamente. Jill sentiu falta dela por um tempo, Agag nem um pouco. Mas o restante de nós ainda sente falta dela.

inveja

Conto oito

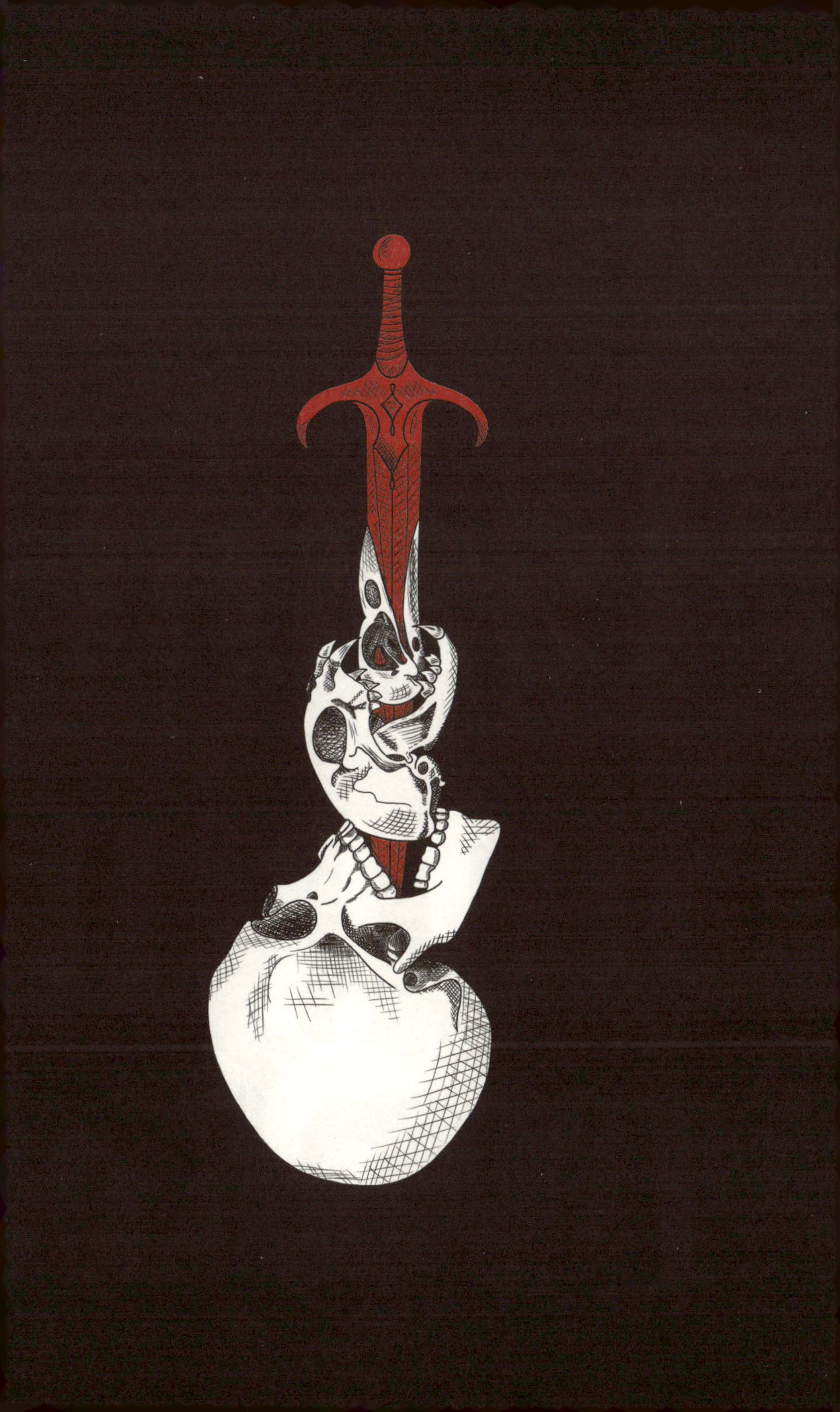

Assim Surgiu um Rei

Agag, embora de sangue inquestionavelmente real, nunca foi um verdadeiro rei. Ele era apenas um dos Hicsos[6], um rei pastor, limitado pelas características de sua raça, sem consciência de sua magnificência. Naturalmente, ele não trabalhava como a ex-governanta de casa fazia (e ninguém esperava isso dele), mas ele não possuía nem o esplendor nem a vivacidade, digamos, de Henrique VIII ou George IV, para compensar a indolência nos assuntos de Estado. Henrique VIII, de qualquer forma, ocupava-se com casamentos enquanto Agag se sentia meramente aterrorizado pela ideia de cortejar, para não dizer conquistar, qualquer uma das princesas que lhe eram apresentadas; e elas, por sua vez, apenas faziam caretas grosseiras para ele. Por outro lado, George IV, embora pouco real em muitos aspectos, costumava entregar-se à busca desenfreada pelo prazer e supostamente possuía um coração bondoso. Agag, ao contrário, nunca se entregava: uma almofada, um pouco de peixe e muito repouso eram

---

6   O termo "hicso" é uma forma latinizada da palavra grega "Hyksos", que significa "governantes estrangeiros" ou "príncipes dos países estrangeiros". Esse nome foi dado pelos antigos escritores gregos para se referir a esses governantes estrangeiros que estabeleceram um domínio no Egito por um período.

tudo o que ele desejava. Quanto a um coração bondoso, ele nunca teve coração algum. Um coração malicioso o teria dado alguma aparência de personalidade, mas não havia a menor suposição de que qualquer emoção, além do desejo por comida, sono e calor, estivesse presente nele. Ele morreu durante o sono, provavelmente de apoplexia, após uma grande refeição. Belo na morte assim como na vida, foi enterrado e esquecido. Nunca conheci um gato tão completamente destituído de caráter, e às vezes pergunto-me se ele era realmente um gato de verdade, ou algum tipo de rato-dorminhoco inflado vestido de gato.

Após Agag, passamos por um período de regime republicano no que se refere a gatos. Voltamos aos gatos trabalhadores, que se sentavam em buracos de ratos por horas a fio, atacavam e devoravam, limpavam-se e dormiam. Entretanto, entre todos eles não havia "personalidade" alguma que sequer vagamente se assemelhasse à Martha, muito menos à Gatinha.

Suponho que a realeza de Agag, mesmo sendo um gato estúpido e sem graça, tinha me infectado com certo esnobismo em relação aos gatos, e secretamente, dado que não haveria mais daquelas esplêndidas plebeias como a Gatinha, eu ansiava por alguém que combinasse descendência real (pela beleza e pelo orgulho) com caráter, bom ou ruim. Nero, Heliogábalo, Rainha Elizabeth ou até mesmo o Imperador Guilherme II da Alemanha serviriam, mas eu não queria George I de um lado, ou um mero presidente fraco de uma pequena república do outro.

Logo após a morte de Agag, mudei-me para Londres e, por algum tempo, houve essa sucessão de chefes de Estado insignificantes. Eles nasceram, esses presidentes da minha república, de famílias respeitáveis e trabalhadoras e nunca se apresentaram (embora soubessem muito bem que eram chefes de Estado) como algo além do que eram: bons gatos trabalhadores, com, é claro, não apenas uma função, mas um voto determinante em todas as questões que os afetavam ou afetavam qualquer outra pessoa.

Naquela época, éramos democráticos e, infelizmente, a "liberdade alargava-se lentamente" de presidente para presidente. Éramos cidadãos leais e obedientes às leis sob o governo deles, mas quando nosso presidente estava sentado no topo dos degraus da área, respirando o ar após o trabalho matinal, não me chocava ver pessoas como comerciantes chegando para fazer pedidos, ou um policial ou uma babá fazendo cócegas na cabeça dele. Nessas circunstâncias, o presidente arqueava as costas, transformava a cauda em um pêndulo e ronronava. Livre de preocupações e ocupado com os assuntos de Estado, ele não fingia ser nada além de um *burguês*. A *burguesia* tinha acesso a ele; ele brincava com eles, pelo gradil da área e sem qualquer senso de desigualdade. Lembro-me de uma babá à qual nosso último presidente era muito apegado. Ele costumava lançar terríveis investidas aos cadarços dela.

Mas agora todo aquele *regime* havia ficado para trás. Somos novamente fundamentalmente realistas, e Cyrus, sem dúvida de descendência real, está no trono. A revolução foi realizada da maneira mais pacífica concebível. Um amigo, no meu aniversário, dois anos atrás, trouxe uma pequena cesta de vime, e no momento em que foi aberta, o país, que por um ou dois meses tinha vivido um estado de anarquia sombria, sem presidente ou qualquer governante, voltou a ser um estado civilizado, com um rei reconhecido. Não houve guerra e nada sangrento aconteceu. Apenas pela glória do nosso rei nos tornamos novamente uma grande Potência. Cyrus havia providenciado que sua árvore genealógica viesse com ele; e ela era muito maior que Cyrus e, sendo escrita em pergaminho (com uma grande coroa dourada pintada no topo), era muito mais robusta do que ele, cujos ancestrais enumerava. Quando Sua Majestade espiou por cima da borda do berço real, não parecia robusto de forma alguma. Ele colocou duas patinhas fracas na borda da cesta e tentou parecer um leão, mas não tinha ânimo para ir mais longe. Então enrugou a augusta face e deu um espirro tão prodigioso que caiu completamente da cesta e, por acidente (ou no máximo por um resfriado), colocou os pés nos domínios em que ainda reina.

Claro, eu não era tão imbecil a ponto de não reconhecer um desembarque real, embora feito de forma tão pouco convencional; era como se George IV, em um de seus inúmeros desembarques em algum cais (tão bem comemorado pela inserção de uma grande impressão de bota de latão), tivesse caído de cara no chão, e o evento fosse comemorado com uma placa de latão de corpo inteiro, com o chapéu-coco um pouco acima.

É verdade que os bebês da espécie humana são todos parecidos, e desafiaria qualquer professor de Eugenia[7], ou de escolas investigativas correlatas e abstrusas, a dizer de imediato se determinado bebê, desvinculado de seu ambiente, seria o Príncipe de Gales ou o jovem Mestre Jones. Mas, independentemente da linhagem, nunca houve dúvida alguma sobre Cyrus. Não havia um único pelo em seu pequeno corpo magro que não fosse da verdadeira e real linhagem azul. As orelhas já tinham penugem interna, e

---

[7] Eugenia é uma teoria pseudocientífica surgida no final do século XIX e início do século XX. Ela busca melhorar a qualidade genética da população humana por meio de intervenções seletivas. A ideia central da eugenia é promover características consideradas desejáveis e eliminar aquelas consideradas indesejáveis.

os pobres olhinhos, tristemente cobertos pela umidade do catarro, exibiam as íris de topázio amarelo, que nunca seriam vistas no jovem Mestre Jones. Então, ele tombou de cabeça para baixo em seu novo reino e, se recompôs, sentou-se e piscou, dizendo: "Ah-h-h". Eu o peguei com muito respeito nas duas mãos e o coloquei em meu colo. Ele fez uma careta terrível, parecia um chinês grotesco em vez de um rei persa, mas, de qualquer forma, era um rosto oriental. Em seguida, colocou uma pata grande na frente do pequeno nariz e adormeceu profundamente. Tinha sido um espirro muito cansativo.

Bebês persas reais, como talvez você saiba, nunca devem, depois de se despedirem de suas mães reais, receber leite. Quando estão com sede, devem beber água; quando estão com fome, comem pequenos pratos finamente picados de carne, peixe e aves. Enquanto Cyrus dormia, pequenas porções picadas foram rapidamente preparadas para ele, e quando ele acordou, a comida e a bebida aguardavam seu real prazer. Pareciam agradá-lo bastante, mas em um momento crucial, quando a boca estava completamente cheia, ele espirrou novamente. Houve uma explosão de terrível violência, mas o bebê real lambeu os fragmentos... Soubemos imediatamente que tínhamos um rei arrumadinho para nos governar. Cyrus tinha dois meses de idade quando se tornou rei, e os quatro meses seguintes foram dedicados a crescer, a comer e a espirrar. Sua maneira geral de viver era comer bastante e cair instantaneamente no sono, e foi então, creio eu, que ele cresceu. Finalmente, um espirro o arrancava de seu sono, e esse primeiro alarme era uma espécie de aviso de tempestade que anunciava o tornado iminente. Uma vez, depois que comecei a contar, ele espirrou dezessete vezes... Então, quando acabou, ficou quieto e se recuperou; em seguida, saltou no ar, ronronou alto e comeu novamente. A refeição foi seguida por mais sonecas e o ciclo de seu dia estava completo. A primeira refeição era feita por volta das sete da manhã, assim que alguém estivesse vestido, e uma hora depois, ainda pesadamente adormecido, ele era trazido para o meu quarto quando me acordavam, enrolado no casaco do meu serviçal, e colocado em minha cama. Ele logo percebia que devia haver uma caverna agradável e quente debaixo dos lençóis, e, com batidas de patas e ronronar, adentrava esse abismo, aconchegava-se ao meu lado e retomava o sono interrompido. Depois de um tempo, eu sentia um movimento interno começar em minha cama e geralmente conseguia colocar o rei no chão antes do primeiro espirro. Seu segundo café da manhã, é claro, subia com minha água quente, e depois que os espirros terminavam, ele saltava no ar, avistava e perseguia algum objeto novo e desconhecido, cumprimentando os alimentos. Em seguida, procurava um local conveniente para descansar, escolhendo um que se assemelhasse a um esconderijo, cuja definição pode ser considerada como um lugar com uma pequena abertura e espaço interno.

Essa atitude nos deu a segunda pista (arrumação sendo a primeira) em relação ao caráter do rei. Ele tinha uma mente tática e seria um bom general. Assim que observei isso, costumava preparar um esconderijo para ele entre as folhas do jornal matinal, fornecendo-lhe um pequeno buraco de espião. Se eu arranhasse o papel nas proximidades do buraco, uma pequena pata em tom prata-azulado fazia movimentos desesperados na direção da perturbação. Após frustrar qualquer inimigo em potencial, ele ia dormir. Mas o esconderijo que ele mais gostava era uma gaveta entreaberta, como encontrou para si mesmo certa manhã. Ali, entre camisas de flanela e coletes, ele se acomodava muito confortavelmente, aguardando os ataques. Antes de dormir, fazia questão de colocar uma pequena e imponente cabeça para aterrorizar qualquer bando de saqueadores que pudesse estar por perto. Essa precaução geralmente era bem-sucedida, e ele dormia a maior parte da manhã. Durante seis meses, ele se empanturrava, espirrava e dormia, até que, certa manhã, assim como Lorde Byron quando descobriu a fama, Cyrus acordou e descobriu as responsabilidades da realeza. Os ataques de espirro cessaram repentinamente, e a Cyruspaideia[8] (ou educação formal de Cyrus) começou. Ele conduziu a própria educação, é claro, inteiramente por si mesmo; ele sabia, por hereditariedade, o que um rei precisava aprender e passou a aprender. Até então, a despensa e meu quarto eram os únicos territórios de seu domínio com os quais ele tinha familiaridade, e um progresso real era necessário. A sala de jantar não o deteve por muito tempo e apresentava poucos pontos de interesse. Contudo, em uma pequena sala adjacente, ele encontrou sobre a mesa um telefone com um longo fio verde ligado ao fone. Aquilo precisava ser investigado, já que seus pais não lhe falaram sobre telefones, mas ele logo entendeu o princípio e tentou retirar o fone do gancho, sem dúvida com o objetivo de dar ordens de algum tipo. Não cedia a métodos delicados e, depois de se agachar atrás de um livro e de se contorcer muito, decidiu atacar aquela coisa boba. Um salto selvagem no ar, e Cyrus, o fio verde e o fone estavam

---

8   Paideia é um termo do grego antigo, empregado para sintetizar a noção de educação na sociedade grega clássica. Inicialmente, a palavra (derivada de paidos (pedós) - criança) significava simplesmente "criação dos meninos", ou seja, referia-se à educação familiar, os bons modos e princípios morais.

todos misturados em uma confusão sem esperança... Ele não telefonou novamente por semanas.

A sala de estar era menos perigosa. Havia um tapete de pele de urso no chão, e Cyrus sentou-se em frente à cabeça, preparado para receber homenagens. Isso, suponho, foi devidamente oferecido, pois ele tocou o nariz do tapete (como o Rei entrando na Cidade de Londres toca a espada apresentada pelo Prefeito) e seguiu para o piano. Não se importava com as teclas, mas gostava dos pedais, e também avistou um reflexo de si mesmo na estrutura preta e brilhante. Aquilo foi um choque, e resultou em alguns passos rápidos estilo fandango, com as patas dianteiras agitando-se no ar. Horror! A imagem silenciosa do outro lado fez exatamente a mesma coisa; ... foi quase tão ruim quanto o telefone. Mas o piano estava posicionado em um ângulo em relação à parede, oferecendo um esconderijo adequado, e ele correu atrás dele. Lá ele encontrou o maior esconderijo de todos, pois a cortina de trás do piano estava rasgada e ele podia se esconder completamente dentro dela. Taticamente, era um esconderijo perfeito, pois dominava a única rota para a sala a partir da porta; mas seu deleite era tal que sempre que que se escondia por ali, ele não resistia e colocava a cabeça para fora, encarando quem se aproximasse e revelando completamente o segredo. Ou será que era apenas uma indulgência para com nossa fraca capacidade intelectual, incapaz de imaginar que havia um rei dentro do piano? A exploração da cozinha seguiu-se; o único ponto de interesse era um fox-terrier em quem o rei havia cuspido; mas na despensa havia um assunto muito extraordinário, a saber, uma torneira de latão, convenientemente posicionada sobre uma pia, meio coberta por uma tábua. No bico dessa torneira, uma gota ocasional de água pingava em intervalos regulares. Cyrus não conseguia ver o que acontecia com ela, mas quando a gota se formava novamente, ele colocava a pata nela e a lambia. Depois de fazer isso por quase uma hora, chegou à conclusão de que era a mesma água que bebia após as refeições. O suprimento parecia constante, embora escasso; ... talvez fosse preciso cuidar disso. Em seguida, apenas deu uma olhada no armário de linhos e a porta bateu enquanto estava dentro. Ele só foi descoberto seis horas depois e estava um pouco rígido por causa disso.

No dia seguinte, a progressão real continuou e Cyrus descobriu o jardim (setenta metros quadrados, mas grande o suficiente para o Sr. Lloyd George ficar de olho nele e exigir uma avaliação dos direitos minerais ali contidos). Mas não era grande o suficiente para Cyrus (não sei o que ele esperava), pois, depois de olhar atentamente para o jardim durante uma manhã, ele decidiu que poderia subir pelas paredes de tijolos que o cercavam. Isso era uma violação de sua prerrogativa, pois o rei é obrigado a notificar os ministros quando pretende deixar o país, e Cyrus não disse nada sobre isso. Consequentemente, saí correndo e o puxei silenciosamente, mas firmemente, pela cauda, que era a única parte dele que eu conseguia alcançar. Ele expressou a desaprovação da maneira comum, tentando me dar uma mordida. Com isso, fiquei revoltado e conduzi o rei para dentro de casa, comprando uma tela de coelho em seguida. Prendi a tela ao longo do topo do muro, de modo que projetasse horizontalmente para dentro. Em seguida, soltei o rei novamente e sentei-me nos degraus para ver o que aconteceria. Cyrus fingiu que as paredes não lhe interessavam e perseguiu algumas folhas mortas. Mas mesmo um rei é limitado, não apenas pela tela de coelho, mas pelas limitações da natureza felina, que o obrigaram a tentar novamente, o que lhe causou imensa frustração. Então, depois de massacrar algumas folhas (já mortas), ele pulou no muro e naturalmente bateu o nariz na tela de coelho, sendo lançado de volta aos próprios domínios. Mais uma vez ele tentou e falhou, apelou a um obstinado primeiro-ministro e depois sentou-se e dedicou todo o poder de sua mente tática para resolver o intrigante assunto. Três dias depois, eu o vi novamente subir no muro e, em vez de bater o nariz na tela de coelho, ele se agarrou a ela com as garras. Ela se curvou com seu peso, e ele conseguiu colocar uma garra no lado de cima, depois a outra, contorcendo-se em volta dela e ficando triunfante com a cauda balançando na fronteira.

Então, tive que sentar-me e pensar após o acontecimento; mas, além de construir todo o muro do jardim a uma altura intransponível ou erigir uma cerca pontiaguda com *chevaux de frise*[9] no topo, minha mente estava em branco e não havia mais nada em que pudesse pensar. Afinal, a viagem estrangeira é um instinto indelével na natureza felina, e eu preferia infinitamente que o rei viajasse entre pequenos quintais do que sair pelo portão do jardim que dava para a rua. Talvez, se ele tivesse plena licença (principalmente porque não há nada que eu possa fazer para impedi-lo) para explorar as terras vizinhas, ele pudesse deixar de dar atenção à costa mais perigosa... E então pensei em um plano que talvez pudesse lembrar o meu Imperador durante suas viagens. Imediatamente procedi a testá-lo.

Meu Gabinete havia me informado que o único barulho que tirava o rei de seu sono mais profundo e o fazia saltar e ficar extasiado no lugar de onde o som vinha era o uso do afiador de facas. Isso, aparentemente, era o primeiro ritual doméstico realizado pela manhã quando Cyrus estava mais faminto, e o som do afiador de facas implicava

---

9 Os "cavalos de friso" são elementos decorativos que são colocados em um friso, uma faixa horizontal ou ornamento que percorre a parte superior de uma parede ou de outro elemento arquitetônico.

para ele comida iminente. Peguei emprestado o afiador e corri para o jardim. Cyrus já estava a quatro paredes de jardim de distância e não prestou a menor atenção ao meu chamado. Então, comecei vigorosamente a afiar a faca. O efeito foi instantâneo; ele virou e fugiu ao longo das paredes que o separavam do amado e bem-vindo som. Ele pulou para dentro do próprio domínio com a cauda ereta e felpuda... e eu lhe dei três pequenos fragmentos oleosos de pele de sardinha. E até agora, pelo menos, aquele trinado metálico da faca afiada nunca falhou. Muitas vezes o vi como um simples ponto no telhado de algum horizonte, mas não parece haver incidente algum ou interesse em toda a gama de viagens estrangeiras que possa competir com esse arauto da comida. Por outro lado, se Cyrus não estiver muito bem (isso raramente acontece), ele não tem apetite, mas também não se sente disposto a viajar para fora de seu território, e, portanto, o afiador de facas pode descansar na gaveta. De fato, há vantagens em ter um rei guloso das quais eu nunca havia suspeitado...

À medida que os meses passavam e Cyrus crescia mais e com os pelos mais longos, ele gradualmente, como convinha a um rei que veio para governar sobre os homens, renunciou a qualquer conexão com outros animais, especialmente gatos. Ele costumava se esconder em um grande vaso de flores que havia virado (expulsando a hortênsia com chutes traseiros para trás), e ficava de olho no aparecimento de qualquer membro da sua raça rejeitada. Se aparecesse apenas uma orelha ou um rabo nas paredes fronteiriças, ele se lançava, com o rosto em fúria, contra o intruso. A mesma emboscada, lamento dizer, também servia para a destruição de pardais. Ele não só os matava, mas os trazia para dentro de casa para a cozinha e os apresentava, como um sinal de sua habilidade como caçador, à cozinheira. Da mesma forma, os cães não eram permitidos quando ele se sentava no portão do jardim de entrada da casa. Uma vez, voltando para casa após uma breve caminhada, vi um ágil terrier irlandês brincando nos degraus do meu jardim de entrada (jardim de entrada de Cyrus, quero dizer) e apressei o passo, temendo a atitude dele, caso estivesse sentado ali. E ele estava sentado ali, mas não havia nada a temer, pois antes de chegar à casa, um grito prolongado e sombrio rasgou o ar, e o cachorro disparou espantado pelo portão do jardim, como se fosse tiro de canhão, exibindo uma expressão selvagem e assustada. Quando cheguei lá, encontrei Cyrus sentado no último degrau, calmo e firme, lambendo delicadamente a ponta da pata prateada.

Apenas uma vez, se bem me lembro, Cyrus foi derrotado por outro indivíduo de quatro patas, mas o evento não teve nada a ver com falta de coragem física, e sim com um colapso de nervos diante de um tipo de duende, algo completamente assustador e que se assemelhava a um elfo. Uma visitante havia trazido dentro da bolsa um pequeno grifo atroz, e Cyrus havia pulado no colo dessa senhora, pois parecia interessado na bolsa. Então, de dentro dela, a poucos centímetros do rosto dele, apareceu uma pequena cabeça meio emplumada, e parecia ser aterrorizante. Cyrus encarou por um momento a terrível aparição e, em seguida, correu para dentro do esconderijo do piano. O grifo pensou que aquela fosse a primeira manobra de alguma brincadeira, então saltou para fora da bolsa e farejou a entrada do esconderijo. Sons de movimentos e ruídos de pânico emanavam do local... Então, um pensamento diabólico me ocorreu: Cyrus nunca havia entrado no esconderijo com o piano em uso; e o grifo foi guardado novamente na bolsa por medo de que algum acidente acontecesse. Então, aproximei-me de forma muito suave para as teclas e toquei um acorde alto. Assim como o terrier irlandês saiu do portão do jardim de entrada, Cyrus saiu do santuário violado...

Cyrus tinha agora apenas um ano de idade; a pelagem de filhote havia sido completamente substituída; ele já pesava cinco quilos e estava vestido de cima a baixo com as vestes reais completas. A cabeça era pequena e parecia ainda menor enquadrada na magnífica gola que se curvava para fora logo abaixo do queixo. Quanto à cor, parecia uma sombra esfumaçada, com dois grandes olhos em tom topázio brilhando na frente; as pontas das patas eram prateadas, como se a cinza da madeira brilhasse em meio à fumaça. Naquele ano, desfrutamos de um verão extraordinariamente quente, e Cyrus fez uma descoberta única sobre a geladeira, uma grande lata, parecida com um cofre, que ficava na despensa. Temo dizer que a descoberta não passou de uma coincidência, pois ele havia roubado um pedaço de salmão do tabuleiro que o peixeiro havia deixado imprudentemente nos degraus do jardim de entrada, e, com um instinto de segredo despertado pelo tesouro incomum, ele o levou para o lugar mais escuro e mais próximo, que acabou sendo a geladeira. Lá, ele comeu o máximo que era prudente devorar de uma só vez, e então, suponho, em vez de dormir, ele refletiu. Por dias, Cyrus sofreu com o calor excessivo; o esconderijo no vaso de flores no jardim era insuportável, assim como o refúgio debaixo das minhas cobertas. Mas ali estava uma temperatura muito mais agradável... Essa é a única reconstrução de motivo que posso oferecer, e não passa de uma especulação. Mas dia após dia, enquanto o calor durou, Cyrus sentou-se em frente à geladeira e se enfiou dentro dela sempre que encontrava uma oportunidade. O calor também aumentava a sonolência, e certa manhã, quando veio para o café da manhã comigo, adormeceu no sofá antes que eu tivesse tempo de cortar a pequena oferta de rim com a qual pretendia homenageá-lo. Quando a coloquei bem perto do nariz dele, ele abriu a boca para receber, mas novamente caiu em sono profundo antes de conseguir mastigar. Assim, o alimento ficou pendurado no canto da boca como se fosse um cigarro. Mas eu sabia que ele acabaria por "acordar, lembrar e entender".

E agora Cyrus tem dois anos de idade e reina há um ano e dez meses. Acredito que ele tenha completado a própria educação formal e certamente limpou as fronteiras da presença de gatos e, receio dizer, o domínio de pardais. Uma ave equivocada este ano construiu um ninho em um arbusto no jardim. Uma série de objetos infortunados e sem penas foram apresentados à cozinheira... Ele se apossou da cadeira na qual costumava me sentar na minha sala de estar e rasgou a nova cortina de fundo que mandei colocar no piano. Acho que ele estava certo sobre isso, pois não adianta ter um esconderijo se você não pode entrar nele. Em outros aspectos, também acho que ele não é estritamente constitucional. Mas sempre que retorno ao seu reino após um período de ausência, assim que a porta se abre, Cyrus corre pelas escadas para me encontrar (como a Gatinha costumava fazer) e fica com a cauda em forma de atiçador, dizendo "Ah-h-h-h". Isso compensa em grande parte o que parece ser tirania. E, hoje pela manhã, ele me presenteou com uma grande aranha, preciosa e maravilhosa, que ainda se movia ligeiramente...

gula.

Ilustrações de:

Rawpixel (pp. 16, 49, 56, 57, 111)
Sophia Evans (p. 17)
Gerard de Lairesse (p. 18)
Jan van der Heyden (p. 21)
Aubrey Vincent (p. 24)
Arthur B. Frost (p. 27)
Harry Clarke (p. 31)
David Y. Cameron (p. 37)
Wilhelm Marstrand (p. 38)
John S. Gardner (p. 39 sup.)
Cornelis Bloemaert (p. 39 inf.)
Hendrik Gerrit (p. 40)
Akseli Gallen-Kallela (p. 43)
George Shaw (p. 51 sup.)
Charles D. D'Orbigny (p. 51 inf.)
Jacob Perkois (p. 52)
Rembrandt van Rijn (p. 53)
Sidney Paget (pp. 55, 62, 65)
H. Vogel (pp. 59, 70, 75)

Johannes C. Bendorp (p. 77)
State Library Victoria (p. 86)
Johan C. Greive (p. 87)
Vincent van der Vinne (p. 90)
George Stubbs (p. 92)
James Newton (p. 93)
Shen Zhou (p. 100)
Hua Yan (p. 106)
Matsui Genshu (p. 107)
Maruyama Okyo (p. 108)
Frans Schwartz (p. 110)
Wenceslaus Hollar (p. 117)
Victor Coindre (p. 118)
Takahashi Hiroaki (p. 121)
Bernard Picart (p. 126)
Wellcome Colection (pp. 128-129)
G. H. Dunston (p. 133)
Gottfried Mind (pp. 141-147)
Jean Bernard (pp. 148-154 e 162-172)

**Informações sobre nossas publicações
e nossos últimos lançamentos**

🌐 editorapandorga.com.br

📷 @editorapandorga

f /editorapandorga

✉ sac@editorapandorga.com.br

PandorgA